誰にでも、言えなかったことがある

山崎洋子

祥伝社文庫

プロローグ

あれは五十代の半ばを迎えようとしていた頃のこと。東京・青山で「大人から幸せになろう」というタイトルのトークセッションが開催された。

テーマの異なるセッションが複数、行われたのだが、私は「ラストシーンはあなたと」というタイトルの回に、作家の藤田宜永さん、新井満さん、スタイリストの久米麗子さんとともに出させていただいた。

主催はキャンディッド・カンパニー。イベントプロデューサー、残間里江子さんの会社だ。残間さん自身も各セッションに出席しておられた。

セッションがラストを迎えた頃、ナビゲーターの山田美也子さんから、「老後は、誰と向かい合って生きたいですか？」という問いかけがあった。

個々の答えは覚えていないのだが、自分の言ったことだけは記憶している。

「私は自分と向かい合って生きたいです」

とっさに出た言葉だったが、振り返ってみれば、真正面から自分を見つめ、

「あなたはどういう人間？」と問いかけ、その答えを得ようとしたことは、一度もなかったことに気づいたのだ。

自分のことをよく分析し、生き方を的確に定めている人に会うと、私は心から驚き、感心する。そして、なぜ私には、それができなかったのかと悔やむ。

私も自分を分析することが嫌いではないが、とことん突き詰めたことはない。見たくないものが飛び出してきそうな気がして、怖かったのだ。

好んで振り返りたいような子供時代ではなかった。保護者であるべき大人が次々と消えていき、気がつけば、「誰も欲しがらない子」として、私はぽつんと残されていた。

そのせいもあるのだろう。ふだんは笑い上戸（じょうご）で明るい性格なのだが、何かの岐路に立った時、「私は駄目な人間だ」「私にはできない」というコンプレックスの壁を自分で造ってしまう。

結果、大事なチャンスを掴み損ねたり、とんでもなく間違った選択をして、自分ばかりか大事な人まで傷つけてきた。明らかな欠点なのだから、なるべく早い時点でなんとか改善すべきだった。ところが、現実が辛（つら）いとすぐ妄想世界に逃げ込むという、さらなる欠点のために、それをしてこなかった。

だから、あのトークセッションの後、一念発起した。口にした以上は実行しなければ。老後と言わず、いま、この時から——と。

まずは自分のトラウマをきちんと知ることだ。勇気を出して、子供時代をできる限り思い出してみよう。

とはいえ、忘れたいことが多かったらしく、極端に記憶が少ない。それでも、高い料金を払ってカウンセリングに通ったり、過去に遡ることができるという催眠療法を試したりしてみた。そのことは後述するが、じつはいずれもうまくいかなかった。

「そんなまわりくどいことをしないで、生い立ちを、私小説のかたちで書きなさいと、前から言ってるじゃないですか」

と、ある編集者に言われた。彼も、その上司も、ほんとうに熱心に、何年にもわたって励まし続け、「私小説」を待ち続けてくれていた。私もそれに応えるべく、何度もトライしてみた。

けれども書けなかった。ある地点まで来ると不意に目を背けてしまう。物書きとしてもそこが大きな欠点だということを、いまさらながら思い知らされた。

やがて、あきらめた。書けないものは書かなきゃいい。考えたくないことは考えなくていい。ありがたいことに、五十歳を過ぎてからの日々は、凄まじい速さで過ぎていく。そう長くこの世にいなくても済むだろう。

そうして怠惰な日々を送っていたある日、横浜市から一通のお知らせが届いた。「あなたは前期高齢者になりました」という通達だった。

やったぜ！　ついに老後だ。

いやなことも疲れることも、ほんとにもうやめよう。書くこともどんどん苦痛になりつつある。言葉は出てこないし、目の疲れもひどい。残り時間は、楽しいことだけをして過ごそう。

贅沢なんか望まない。子供の頃から、私の好きなことは限られている。本を読むこと、映画を観ること、妄想に浸ること。これからは誰はばかることなく、それだけをしよう。だって老後なんだもん！

……と、歓喜にむせんだのはつかのま。やはり現実を見ないわけにはいかなかった。

父は八十三歳で亡くなった。母は八十代半ばで認知症だが、内臓はしっかりしている。ひょっとすると私も、そのくらいまで生きるのではないだろうか。するとこのあと二〇年もある。

その二〇年は、「頑張れば、いや、運が良ければ、人生を変えることができる」と楽観視できた若い頃の二〇年とはまったく違う。

いまの仕事で食べていけなくなったとしても、もはや新しい仕事を得る可能性は低い。でも、食べていけるだけのお金は、どこからも入らない。体力も知力も日ごとに弱っていく。いざという時に面倒をみてくれる身内も友達もいない。

老人ホーム？　家族とも他人とも、長く一緒にいるのが苦手な私が、集団生活などできるわけがない。

お金のかからない田舎へ移住？　車の運転もできず、人見知りな私が、横浜よりはるかに閉鎖的であろう地域社会に溶け込めるわけがない。

できない、無理、不可能……。

わがままといえばわがままなのだが、私という人間にずっとついてまわる「自信のなさ」が、老いと直面したことで、これまで以上に溢れ出した。

ここに至ってようやく、今度こそ本気で自分と向き合ってみようという気になった。

向かい合ったからといって、私の老後が豊かになるわけではない。けれどもひとつくらい、まだチャレンジすることがあってもいいのではないか。

というわけで、蝶番（ちょうつがい）の錆（さ）びたドアを、ちからまかせにこじ開けてみた。

目次

I　忘れられた子供

II 「血」はやっかいなもの

III　事件はまだまだ起きる

本文デザイン　高柳雅人

著者系図

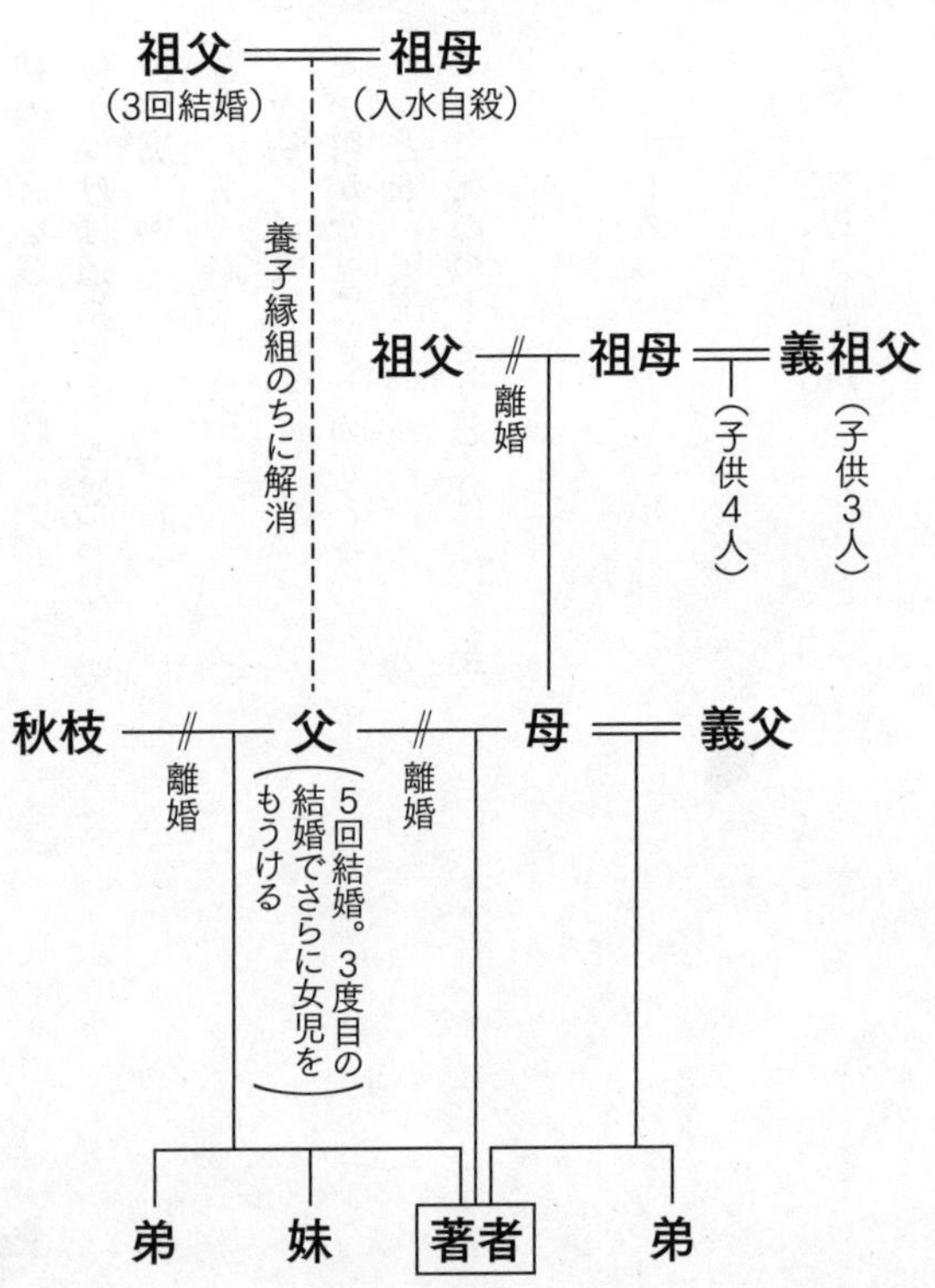

祖父
（3回結婚）
祖母
（入水自殺）
養子縁組のちに解消
祖父
離婚
祖母
義祖父
（子供4人）
（子供3人）
秋枝
離婚
父
（5回結婚。3度目の結婚でさらに女児をもうける）
離婚
母
義父
弟
妹
著者
弟

I　忘れられた子供

ものごころついた時、両親はいなかった。
血の繋がらない祖父母だけがいた。でもそれで充分だった。
罌粟(けし)の花が咲くあの家から、
足音をたてて座敷童子(ざしきわらし)が出て行くまでは。

父の花嫁

因果は巡（めぐ）るという。

うちの場合もそうであるらしく、三代続けて離婚している。その前は不明だが、ひょっとするともっと前から、そういう連鎖はあったのかもしれない。

親の因果が子に報い……と言うと、おどろおどろしい感じだが、生まれ育った環境は、人生に大きな影響を及ぼす。これはまぎれもない事実だ。

母の母、つまり私の母方の祖母も、離婚して再婚した。相手にも子供が三人いたうえに、その再婚であらたに四人の子供が生まれた。

祖母の再婚の際、母は他所（よそ）へ預けられていたらしいが、数年後、母親の元に引き取られた。だからその家庭には父や母の異なる三系統の子供がいた。合計八人。

母は連れ子だというので、継父（けいふ）に愛されなかったようだ。おまけに、母が年頃になると、継父は母に手を出そうとしたらしい。

「だから、おかあちゃんも、あたしを早く家から出したかったのね。それで、あんな見合い話にのったのよ」

母は昭和二年生まれ。十九歳で見合いをした。相手は同じ町の住人だった。その相手を、母はどう思ったのか。

「どうもこうもないわよ。あの時代は親同士が結婚を決めたんだから」

昭和二十一年。終戦直後だ。そういう時代で、そういう家庭事情なら、親同士が話を進めたということもありうるだろう。けれども私は、当人同士も第一印象はそう悪くなかったのではないかと推測する。

陰で妻の連れ子に不届きな振る舞いをしていた母の継父は、市の教育委員長まで務めた有力者だ。母の母は茶道の先生。連れ子とはいえ、母はその家の娘である。小柄で色白の瓜実顔(うりざねがお)。父はおそらく、しとやかで美しいこの娘を気に入っただろう。

一方、父の実家は名家でもなければ金持ちでもない。

「同じ町に住んでいながら、あんなひどい家に、よく娘を嫁に行かせたもんだわ。調べなくても近所の評判くらい聞いたはずなのに」

父の実家のことになると、母はさらに吐き捨てるような口調になる。

父はその家の一人息子だ。が、両親と血の繋がりはない。子供に恵まれなかったこの家に、生まれてすぐ、養子として貰われてきた。

この家の当主は、警察官だったこともあれば郵便局員だったこともあるらしいが、尊敬される人物だったことは一度もないようだ。お金もないのに大酒飲みで、妻がいるのに堂々の遊郭通いまでしていたという。

彼の妻は、年上であるうえに子供ができないという負い目があった。どんな扱いを受けようと、黙って堪え忍ぶ女だった。

「あんな家で育てられたんだもの、人格が歪(ゆが)んで当然よ」

と、母は、私の父のことを言う。

それはともかく、父には町の名士の娘と見合いできるだけのポイントがひとつあった。京都府宮津(みやづ)市始まって以来と噂されるほどの秀才だったのだ。戦時中、陸軍士官学校と並ぶ最エリート校だった江田島(えたじま)海軍兵学校へ、ひとつ飛び級で入学している。英語だって喋れる。しかも立派な体格に整った目鼻立ち。

戦争が終わる一年ほど前に卒業を迎えたから、軍人としての出世はそこで終わった。とはいえ、海軍兵学校卒と町の名士の娘。二人とも姿が良い。世間的には好一対に見えたのではないだろうか。

結婚してすぐに私が生まれた。だが、結婚生活は三年ももたなかった。父が勤め先のお金を使い込んだり、復員局関連物資の横流しをするなどの警察沙汰を起こし、生活が成り立たなくなったからだ。母は私を置いて離婚した。ほどなく町からも出て行き、数年後、再婚して東京へ行った。

父の姿を見たこともほとんどなかった。私は父方の祖父母と三人で暮らしていた。ものごころついた頃、もう両親はいなかったのだから、その暮らしに疑問を持つこともなかった。

「人格破綻者」と「耐えるしかない女」だったとしても、祖父母は私を可愛がってくれた。その家に、離婚から一年ほどたってから父が戻ってきた。新しい女性と、結婚式を挙げるために。

父が再婚相手とどこでどう知り合ったのか、私は知らない。

私が祖父母と住んでいたのは、宮津市の市街地。花嫁の実家は、そこからずいぶん奥まったあたりにある村の農家だ。町へ働きに来ていたのかもしれない。六人きょうだいの長女で、当時としては「行き遅れ」と言われる年齢だった。

離婚歴のある男と結婚したのも、そのあたりに事情があったのかもしれない。

都会ではいざ知らず、この時代、結婚式も葬式も自宅で行うのが普通だった。そのためにだけ、父はこの家に戻ってきた。

金屛風(きんびょうぶ)の前に、羽織袴(はおりはかま)の父がかしこまって座り、傍(かたわ)らには白無垢(しろむく)の花嫁が座っていた。生まれて初めて見るきらびやかな光景に、私は夢中になった。興奮しながら金屛風の周りを駆け回り、花嫁ばかり眺めていたものだ。

花嫁の名前は「秋枝(あきえ)」だと、誰かに教えられた。真っ白に塗られた秋枝さんの顔は、微動だにせず、視線が私に向けられることは一度もなかった。

罌粟(けし)の咲く家

母が「人格破綻者」だと言ってはばからなかった祖父は、確かに大酒飲みだったし、粗暴なところがあった。

四歳か五歳の頃、祖父に押さえつけられ、背中に何ヶ所か灸(きゅう)を据えられたことがある。泣き叫ぶ私を、祖母まで手伝って押さえつけた。

いまでも痕(あと)が残っているほどの熱い灸だ。どんな駄々をこねたか知らないが、これだけの火傷(やけど)をさせたのだから、いまなら幼児虐待(ぎゃくたい)である。

ところが、当時は子供の人権などほとんど無視されていた。というか、よその家がすることに、みな口を挟まなかった。この町の人々にとって、それは暗黙のルールだったのかもしれない。この時も、誰かが止めるどころか、近所の人々が大勢集まり、イベントでも観るかのようにこの光景を眺めていた。

が、ひどいことをされたという記憶はそれだけ。祖父母と一緒に暮らした素朴な日々は、私にとってはいまでも宝物だ。

結婚式を挙げた後、父はどこかで新しい所帯を持ち、私と祖父母は、同じ町の、もう少し奥まったところにある家へ引っ越した。町の中心地ではない分、家賃も安かったのかもしれない。

その家が、私は大好きだった。二階建てで、裏に庭が、脇に空地があった。裏庭の向こうには田んぼが広がり、その向こうには八幡神社のある山があった。家から路地を出て通りを渡ると、そこにはメダカやフナの泳ぐ川があった。

春になると、田んぼはレンゲの花で赤紫に染まり、脇の空地は、前の人が植えたらしい大きな罌粟（けし）の花で、オレンジや黄色に埋まった。私は近所の子供達と、山や川や田んぼの畦道（あぜみち）などを走り回って遊んだ。

至るところに子供達のおやつがあった。野生の桑の実、茱萸（ぐみ）の実、イタドリ、イチジク、野いちご、椎（しい）の実……、好きな時にそれらを取って食べた。口に入れてもいいもの、危ないものの区別を、子供達はそうやって自然に覚えていった。

裏庭では鶏（にわとり）を飼っていた。朝、生みたての玉子を取りにいくのは私の役目だった。

あと二つ、楽しい仕事があった。

祖母は小さな畑を借りていて、キャベツや大根など、我が家で食べるだけのささやかな野菜を作っていた。私の役目は、キャベツにつく青虫を捕ること。薄緑色をしたモンシロチョウの幼虫を指でつまみ、足で踏みつぶした。なんて残酷な、と思われるかもしれないが、我が家の大事な食料を、私は守らねばならない。それに昆虫は、大規模開発などで根こそぎ棲息(せいそく)環境を変えられてしまわない限り、人が手で捕るくらいでは減らない。

もうひとつの楽しい仕事は、薪(まき)の買い出し。

祖母は大八車を引いて、材木工場のようなところへ薪を買いに行く。行きは空っぽだから、私を荷台に乗せてくれる。帰りは、薪がいっぱい積まれた大八車を祖母が引っ張り、私がうしろから押していく。

途中で駄菓子屋に寄り、祖母はマーブル飴(あめ)を買ってくれた。直径一センチほどの真っ白な丸い飴だ。中が幾つもの色の層になっていて、舐めているうちに次々とその色が現れてくる。でも途中で必ず噛んで、丸い虹のような断面を見ずにはいられなかった。

買ってきた薪で、煮炊きもすれば、お風呂も沸かした。昭和も三十年代に入ろうとしていたが、地方の暮らしはおおかたそんなものだった。洗濯機も冷蔵庫もない。冷暖房はおろか、扇風機もなかった。

清少納言の『枕草子』を読んだ時、私が子供の頃にはまだ、平安時代とそう変わらない暮らしがあったのだと感動した。「冬はつとめて」で始まるくだりに、こんな描写がある。

「いと寒きに、火など急ぎ熾して、炭もて渡るも、いとつきづきし」

寒い日、急いで火を熾して、炭を持って廊下を渡っていくのも冬らしくていい……という光景。

私の子供の頃も同じだった。冬、暖をとる道具は火鉢と炬燵だけ。どちらも炭を使う。竈で薪を燃やしたら、燃え残って白っぽい炭状になった熾を容器にとっておく。これを種火に使って炭を熾すのだ。

夏はすだれや打ち水、行水などで涼をとった。窓を開けておくので蚊がたくさん入ってくる。だから寝る時は蚊帳を吊る。蚊帳に潜り込むと、たいていの子供は要塞に入ったような気分になり、布団の上ではしゃがずにはいられなかったものだ。

田んぼの脇の川で螢をたくさん捕ってきて、蚊帳の中に放したこともある。幻想的なのは一瞬。螢はすぐに死んでしまい、朝になるといやな臭いを放つのだった。

四季と密着し、肌で季節を感じていた暮らしを、もう一度してみたい。山で拾い集めてきた粗朶（細い枯れ枝）に火をつけ、そこに置いた薪がだんだん炎を上げていく様を見ていたいと、焦がれるような気持ちになることもある。

まあしかし、実際は冷暖房に慣れ、スイッチひとつでお湯が出る、洗濯もしてくれるという生活に慣れた身。すぐに音を上げてしまうだろう。

家族がたった三人でも、あの頃、家事はたいへんな労働だった。祖母はいつも地味な着物姿で、黙々と体を動かしていた。畑仕事や薪の買い出しの時は、もんぺだった。その姿さえそばにあれば、私は親がいなかろうと貧しかろうと、幸せに満ちた子供でいられた。

だが、その暮らしは、罌粟の花が開いたとたん枯れるように、三年足らずしか続かなかった。

座敷童子(ざしきわらし)が出て行った

あれは私が七歳の時だった。

祖父は外出、祖母も近所へ買い物に出ていた。私は一人で留守番をしていた。茶の間に座り、新聞紙で折り紙などをして遊んでいた。路地の奥まったところにある家で、うしろは田んぼ。あたりはいつも静かだった。

その静寂の中から不意に「トン、トン」という規則正しい連続音が聞こえてきた。私はぎょっとして手を止めた。足音だ。誰もいないはずの二階から、誰かが階段を下りてくる。

茶の間の向こうにはトイレと廊下があり、二階へ上がる階段もそこにあった。私はそこを見つめた。階段そのものは、壁に遮(さえぎ)られていて見えない。でも距離にして、私のいるところから四メートルほどしか離れていない。

身を硬くして耳をそばだてたが、明らかに人の足音だ。だんだん下りてくる。私は階段の下を凝視(ぎょうし)していた。足音は一番下の段でぴたりと止まった。が、誰も姿を現さない。少し間をおいて、また音が始まった。今度は上がっていく。

足音が階段の中程までできた時、私はたまらず立ち上がった。駆け寄り、ぱっと階段を覗く。その瞬間、足音は消えた。階段には、人はもちろんのこと、ネズミもイタチもいなかった。両側は壁だから、隠れるところもない。勇気を奮って二階へ上がってみた。

何もない。二階にも部屋が二つあるが、陰になっているところまで覗き、念のため窓を開けて屋根まで見たが、雀一羽いなかった。

階下へ下り、またチャブ台の前に座った。いやな予感がして、それがすぐ現実になった。階段の上から、ゆっくりと足音が下りてくる。私は身じろぎもできなかった。予想通り、足音は一番下で止まり、一呼吸置いて、またゆっくりと上がっていく。

怖くてたまらなかったが、立ち上がり、もう一度、階段に駆け寄った。足音はぴたりと止まった。もちろん、階段には誰もいない。私には留守番という責任がある。家にいなければならないし、足音の正体を確かめる義務もある。自分にそう言い聞かせ、「足」が再び動き出すのを待った。

しかし、敵（？）もさるもの。私がそこにいる限り、姿はもとより音も出さない。静かすぎるほどの静寂に怯えながら、私は足音を忍ばせて居間に戻り、チャブ台の前に座る。

ほらまた！　さっき止まった場所から、足音が上っていく。

もう限界だった。私は家から飛び出し、玄関の前に立って、「留守番」を続けた。

五分か一〇分かわからないが、私にとっては長い時間が過ぎた後、祖母が近所のおばさんと連れだって戻ってきた。私は勢い込んで、姿の見えない足音のことを訴えた。二人はぽかんとしていたが、やがて、おばさんが頷いて笑い出した。

「それはあんた、座敷ぼっこりやわ」

「そうやな、座敷ぼっこりやな」

祖母も笑った。二人が、私の話をまともに受け取っていないことは確かだった。姿のない足音を聞くことは、それから二度となかった。

座敷童子という妖怪のことを知ったのは、大人になってからだ。地方によっては座敷ぼっことか座敷ぼっこりと呼ぶ。子供の姿をした家の守り神だ。座敷ぼっこりが出て行くと、その家は傾くという。それからほどなく我が家は崩壊し、この家からも出て行くことになった。

あの夏、何が起きたのか、
私の脳は、その記憶を故意に隠してしまった。
嵐は突然に巻き起こり、
八歳の女の子を荒野に放り出したのだ。

降りしきる雪の中で、その人は狂乱した

東京へ行ってしまった母とは、会う機会などまったくなかったが、父の顔は何度か見た。ほんとに「見た」程度だ。

父と、新しい妻である秋枝さんとの間には、男の子と女の子が一人ずつ誕生していた。私にとっては異母弟妹だ。でも、どこでどんなふうに暮らしていたのかは知らない。私がその家に招かれることは一度もなかった。

秋枝さんはたまに、子供達を連れてやってきた。あの事件が起きたのは、私が座敷童子の足音を聞いた年の冬のことだった。

大雪の中を、秋枝さんはまだ赤ん坊だった女の子をおんぶし、男の子の手を引いてやってきた。来るなり、祖父母と火鉢を囲み、何やら深刻な顔で話し合っていた。彼女は泣いていた。

けれども子供には大人の事情などわからない。私はさすがに、なんとなく妙な気配を察しておとなしくしていたが、まだ三歳くらいだった男の子は無邪気には

しゃぎ回っている。それをうるさがった祖父が、何か秋枝さんの気に障るような注意の仕方をしたようだ。

ものすごい勢いで秋枝さんが立ち上がった。男の子を乱暴に横抱きして家から飛び出す。外は風交じりの雪だ。

「あんたは死んだらえええんや！　おかあちゃんと一緒に死んだらえええんや！」

素足で雪の上を駆け、秋枝さんは裏庭に出た。着ていた着物の帯揚げを解き、泣き叫ぶ男の子を柿の木に縛りつける。乱れた髪や着物に、容赦なく雪がまとわりついた。

祖母が必死に宥めている。私は呆然とその光景を見ていた。

翌年の春も終わる頃、ほんの短い間ではあったが、なぜか父の一家は、うちに同居していた。父と祖父がともに上半身裸で天秤棒をかつぎ、籠に積み上げた土や石をせっせと運んでいる。家のどこかを修繕していたのだろうか。

昼になると二人が昼食をとる。体が汚れているから座敷へは上がらない。土間の上がりがまちに腰掛けて食べる。祖母と秋枝さんが、競うようにして二人の世話をやいていた。

男達が汗水垂らしながら働き、女達がかいがいしく家事をする……そういう光景を初めて見た。子供心にとても嬉しく、誇らしかったことを覚えている。

やがて夏が来た。いつものようにパンツ一枚という裸同然の姿で、私は近所の子供達と外を駆け回っていた。すると、見知らぬ女性に声をかけられた。淡い色のスーツを着た、若い女性だった。

「あんた、H家の洋子ちゃんやな？」

女性が言った。私が頷くと、彼女は小声で訊いた。

「お父ちゃん、家におんなるか？」

「おんなる」というのは「いる」の方言だ。私が頷くと、女性は、呼んできてほしいとも言わず、うちのある方向へ行くでもなく、それきり踵を返して立ち去った。

スーツ姿の女性を見るなんて、このあたりでは珍しい。誰かに言いたくなり、私はいそいそと家に帰った。祖母も秋枝さんも家にいたので、さっそく、いまのことを得意げに告げた。

二人の表情がたちまち曇った。

「おんなるって言うたんか？」

うん、と頷くと、

「なんで言うたんや！」

と、祖母が私に怒った。父がいることを隠せと言われた覚えはない。だから正直に「いる」と答えたまでだ。理不尽な叱責だった。

ずっと後、四十代の前半だった頃だが、宮津市の市立高校から百周年記念の講演依頼があり、出かけていった。そのついでに地元の警察へ行き、古い資料を調べてもらい、ようやくその時の事情らしきものを知った。

父は再婚後、どこかの会社に勤め、またもや使い込みをしたらしい。それで裁判所から呼び出しがきていたらしいのだが、応じず、逃げ隠れしていたようだ。あの女性は父に迷惑をかけられた会社の人か、それとも裁判所の関係者だったのかもしれない。

そんなことのあった翌日、父はスーツケースを持って出ていった。まだあたりが明るくなるかならないかという時刻だったから、始発の汽車に乗ったのだろう。私は秋枝さんと彼女の二人の子供達と一緒に父を見送った。父は線路づたいに駅へと向かい、一度だけ振り向いて私達に手を振った。

それっきり帰ってこなかった。行方すらわからなくなった。

後からわかったことだが、父はこの時すでにH家の戸籍から抜け、養子になる前の生家の姓で、京都市内に新戸籍をつくっていた。

さらに、新戸籍をつくった同じ日に、秋枝さんとも離婚していた。勝手に離婚届を出したのか、これは一時的なものだと言って秋枝さんを騙（だま）したのか、それはわからない。でも父は、追っ手から逃れるために、そういうかたちで過去を消し、名前を変えたのだ。

彼女は暗い海に身を投げた

子供の頃の記憶が非常に薄い私だが、さすがに、あの夜の、あの瞬間のことは覚えている。

私は八歳になっていた。いつものように、遊び疲れてぐっすり眠っていたが、何かの気配で目が覚めた。名前を呼ばれるか、肩を揺すられるかして起こされたのかもしれない。

目を開けると、枕元に祖母が正座していた。彼女は目をつぶったまま静かに言った。

「洋子、おかあちゃんの言うことを、ようきいて、ええ子になるんやで」

うん、と私は答えた。異変を感じるどころか、それきり、また眠りに落ちてしまった。

翌朝、起きて茶の間へ行くと、祖母がいない。朝ご飯も用意されていない。こんなことはそれまでなかった。土間の台所を見回すと、窓の下に置かれた一枚の白い皿が、朝日を受けて光っていた。皿には炒った椎の実が盛られていた。

椎の実は秋の味覚だ。十月も終わりに近づく頃、八幡山の山道にいっぱい落ちる。生でも食べられるが、フライパンで炒ると、香ばしくなってさらにおいしい。この椎の実も、私が拾ってきたものだ。祖母が炒ってくれたらしい。朝食代わりにそれを食べて学校へ行った。だからこの日の出来事と椎の実は、記憶の中で分かちがたく結びついている。

はるか後になってから、椎の実は再び、なんとも不思議な現れ方をするのだが、それは別項で書く。

二時間目の授業が始まって間もなくの頃、一人の先生が教室に入ってきて、教壇にいたクラス担任に何か耳打ちした。そして私が教員室に呼ばれ、祖母の遺体が天橋立の内海で発見されたから、すぐ、うちへ帰るようにと告げられた。

私の故郷には、日本三景のひとつと讃えられる景勝地、天橋立がある。松並木の連なる長い砂州が有名だ。宮津の波止場からは定期船が出ていて、それに乗れば一〇分くらいで着く。

内海とは、砂州の内側の通称で、宮津の波止場と天橋立を結ぶ定期船はここを通る。でも、あの家から徒歩で行くと、そこまで一時間はかかるだろう。

祖母は、祖父が眠るのを待ち、私に別れを告げ、深夜に家を出たのだ。そして歩いた。真っ暗な海沿いの道を――。浮いている遺体を発見したのは、朝の早い行商人だった。

後年、宮津の警察署で教えてもらったところによると、身につけていたのは、ネルの大島絣の着物、木綿の肌着、白木綿の腰巻き、縮緬の掛け襟。所持品はアケビの蔓で編んだ買い物籠、黒の擬革がま口、財布の中には一〇〇円札が一枚。藁草履一足。一〇〇円と藁草履は三途の川を渡るためのものだろう。

二日後に、自宅で葬式があった。この頃の人々にとって、葬式は数少ないイベントのひとつだ。親戚や近所のおばさん達が集まり、賑やかにお喋りしながら、混ぜ寿司や煮物をこしらえていた。

いろんな人が出入りする。それが珍しくて、私は興奮していたようだ。

「しかし、この子は泣かんなあ」

誰かが私を見て、大きな声で言った。

「おばあちゃんが死んだいうのに、笑っとるで」

別の人が、呆れたように私を見ながら応じた。

確かに、泣きも喚きもしなかった。その後もずっと。

この世でたった一人の保護者を失って、自分がどんな感情にとらわれたのか、まったく覚えていない。もうこの頃から、泣いたって誰も助けてくれないと、わかっていたのかもしれない。

脳は消したい記憶を消す

子供の頃の記憶がとても少ない。ことに祖母が亡くなる前後の記憶が、異常なほど見あたらない。祖母の命日が何月何日だったかを知ったのも、それから四〇年以上もたってからのことだ。

あの頃のことを思い出すことができたら、いまからでも自分に変化を起こすことができるかもしれない。ずっとそんなことを考えていたのだが、一〇年余り前、ふと、催眠療法を受けてみようかと思い立った。

催眠状態で幼児期の記憶を掘り起こし、何があったのかを確認することで、トラウマから脱することもありうるという。

インターネットで調べてみると、それをやっているところはいくらでもあった。当然ながら怪しげなものも多い。そこで、精神鑑定の学術書を出している、ちゃんとした心理カウンセラーを探した。

カウンセリング料は五〇分三万円と、目を剝くような金額だったが、それで自分の知らない過去と出会えるのなら惜しくはない。

ところが、カウンセリング初日に、催眠療法は暗示にすぎないから自分はやってないと、あっさり言われてしまった。催眠状態で頭に浮かんだものを、自分で過去の体験だと思い込んでいるだけ、もしくは施術者にそう思い込まされているだけだと、そのカウンセラーは言う。

ありうることだが、だからこそこんな高い料金を払って、インチキではない施術者を求めてここへ来たのだ。

催眠でなくてもカウンセリングで過去の記憶を取り戻すことは可能ですよ、と彼は言った。私はその言葉にすがり、五回もそこへ通った。残念ながらなんの記憶も取り戻せないまま、経済的理由でやめた。

あきらめきれないでいたところ、数年前、友人が、横浜に良い催眠療法士がいると紹介してくれた。私はさっそく出かけて行った。

人の良さそうな中年の男性療法士だった。暗示にかけてインチキな過去など見せる人ではなさそうだ。

「大丈夫です。作家とか画家といった人達は想像力が豊かですからね、催眠の世界にも入りやすいんですよ」

そう言われると、いやがうえにも期待が膨らむ。

「あ、ついでに前世が見えてしまうかもしれませんが、かまいませんか？」

もちろん！　信じる信じないは別として、何が現れるのか楽しみだ。

安楽椅子に腰掛ける。眼は開けていてもかまわないと言われたが、気が散るといけないので閉じた。

「では、ゆったりした気分で、まずは階段を思い浮かべてみましょう」

階段……。え？　あの、どういう階段かな。よくある普通の家の階段？　あ、でも、子供時代の記憶を取り戻すんだから、その頃住んでいた家の階段？　いや、ここはドラマチックに古い洋館の螺旋階段なんか……。

「階段を上がりましたね。では次に、頭の中に庭を広げてみましょう」

　まだ一歩も上がっていない各種の階段を放り出し、あわてて庭に移る。だけどまた激しく迷う。庭って、ベルサイユみたいな西洋庭園？　それとも浜離宮みたいな日本庭園？　あ、普通の家の庭でもいいのかな。でも普通の家って……。

「そしたら今度は自分の好きな色の丸いボールをイメージしてください。そのボールが口から入って、体の中をすうっと下りていきますよ。はい、その美しいイメージに身を委ねましょう」

……って、どうしよう、今度はボールだって！　好きな色は複数ある。オレンジとか黄色とか緑とか。だけど、ボールが体の中を下りていくって、どういう光景だかわからない。必死で人体模型なんか思い浮かべようとする私。

「さあ、あなたはいま、どこにいますか？　何が見えているのでしょう。教えてください」

なんにも。階段も庭もボールも、なんにも見えない。頭の中は真っ暗闇。

「すみません、なんかうまくイメージできなくて……。もう一度やってみていただけますか」

そうお願いするしかなかった。

「はい、じゃあ、もう一度、最初からいきましょう。まずは階段を……」

という調子で、気がつけばなんと三時間！

まったく催眠術がかからない。相手も焦っている。最後なんかもうやけっぱちみたいに「かかれ！」と叫ぶ始末。

いや、悪いのは私の方だと思う。催眠術は、かける方もそうだろうが、かけられる方も集中力が必要らしい。私はふだんから集中力が乏しいのだ。

帰り際、療法士は、いまやったのと同じ台詞（せりふ）が入ったＣＤが市販されているから、それを買って自分でやってみたらどうかとアドバイスしてくれた。すぐに買って試してみたが、やはり駄目だった。

隠された記憶の扉は、まだかたく閉ざされている。

世の中には知らない方がいいこともある、とよく言われるが、自分の過去が茫漠としているというのも、非常に不安なものだ。

私が故郷で何かしら調べられるようになったのは、作家になってから。つまり三十代の終わりになってからなのだが、忙しさで、さほど動くことができなかった。

じつを言うといまでも、消えてしまった記憶はもちろんのこと、私は自分のルーツが知りたい。子供の頃、私を育ててくれた祖父と祖母は、私と血の繋がりがない。私の父は、生まれてすぐ、他家からこの人達のところへ養子として入ったのだ。

では、父の実父や実母はどんな人だったのだろう。血の繋がりという意味では、その人達こそ、私の実祖父、実祖母だ。戸籍を遡っていけば、その人達の名前くらいはわかる。けれども、もはやこの世にはいないはずだ。

結婚して幸せだった時期でも、なぜか自分を根無し草のように感じていた。子供時代のトラウマのせいだと思っていたが、加えて、茫漠としたルーツに対する不安も、無関係ではないのだろう。

家族となった人を愛したかった。愛されたかった。
でも求められたのは奉仕と服従だけだった。
十四歳の夏、私は紙袋をひとつ下げて家出をした。

継母(ままはは)の豹変

それは祖母が入水(じゅすい)自殺をして、家で葬式が行われるという日の朝だった。まだ、手伝いの人は誰も来ていない。

私は土間を箒(ほうき)で掃いていた。それくらいは、いつもやっている手伝いだ。

突然、茶の間から怒声が飛んできた。

「なんや、その、のろのろした掃き方は！　さっさとして、他のことを手伝わんかい！」

びっくりして顔を上げると、ゆうべから泊まり込んでいる秋枝さんだった。目を吊り上げて私を睨(にら)んでいる。この時の彼女の口調と顔つきは、私の記憶に深く刻(きざ)まれている。それまで私が知っていた秋枝さんとは、あまりに違ったからだ。

彼女が父と再婚したのは私が四歳の時だった。私が父の新家庭に招かれたことは一度もないが、彼女が二人の子供を連れて、うちへ来たことは何度かある。やさしくされたこともないが、きつい口調でものを言われたこともなかった。それがこの日、一変したのだ。

それから約一年半過ぎた頃、祖父が亡くなった。その後、私は秋枝さんと、彼女の二人の子供達と一緒に暮らすことになる。

いまだに、なぜそういうことになったのか、真相がわからない。秋枝さんと父は、もはや離婚している。これまで通り「おかあちゃん」と呼んではいるものの、血縁も戸籍上の繋がりもない。もちろん、彼女に私の扶養義務はない。

私の母は、すでに再婚していた。男の子がいるということは聞いていたが、母とも、その家族とも会ったことはない。母の実家は同じ町にある。当主は町の名士で、妻（母の母。私の祖母）は地域の民生委員を務めている。しかし、その家にも私は引き取られることはなく、気がつけば、なさぬ仲の秋枝さんの元にいた。

秋枝さんは貧しい間借り生活をしていた。小さな二人の子供を抱え、昼はレストランのウエイトレス、夜は旅館の仲居をして暮らしをたてていた。このうえ、自分を捨てた前夫の子まで、引き取る余裕などなかったはずだ。

秋枝さんが私に同情して引き取ったのなら、これは美談になる。でもそうではないことは、その後の彼女の仕打ちからして明らかだ。なのになぜ……ということは、ずっと謎だった。大人になってからも、その理由は誰も教えてくれなかった。

後に実母と暮らすようになっても、私は母にそのことを尋ねたことはない。母からその話が出たこともない。母は訊かれたくなかっただろうし、私もそれを察していた。

でも、もしかすると、これが理由だろうか、と思うことがひとつだけある。

祖母は自殺する前、眠っている私を起こし、

「洋子、おかあちゃんの言うことを、ようきいて、ええ子になるんやで」

と言った。

おかあちゃん、というのは、私の実母のことだと思っていた。でも、もしかすると、秋枝さんのことだったのかもしれない。当時、私が「おかあちゃん」と呼んでいたのは秋枝さんだったのだから。

祖母は、残された私を実母が引き取らないであろうことを、予測していたのかもしれない。だから死を決意した時、秋枝さんにそれとなく頼んだのではないだろうか。自分にもしものことがあったら、あんたがあの子の面倒をみてやってくれ……と。

秋枝さんがどう答えたのか、私には知るよしもない。でも彼女としては、「そんなことを言わないで、大丈夫だから」、と曖昧に応じるしかなかっただろう。もうひとつ、秋枝さんには私を引き取るメリットがあった。彼女には幼い子供が二人いる。彼女が働いている間、その子達の面倒をみて、家事をする人間が必要だ。

実際に私は、その役目を担った。だがそこへ行く前に、まだ祖父の話がある。

おばあさんがひとり、またひとり

祖父は再婚した。祖母が自殺してからたった四ヶ月後に。どこで見つけたのか、親戚一同も近所の人も知らない老女を連れてきて、お披露目をしたのだ。

八歳の私から見れば充分に老女だったが、もしかするといまの私の歳より、ずっと若かったかもしれない。祖父はこの頃、六十代の半ばだったのだから。

大柄で赤ら顔の女性だった。祖父は家に親戚を招き、ささやかな結婚披露の宴を催した。

が、花嫁であるはずの彼女は、何を思ったかいきなり着物に襷(たすき)掛けをして、ものすごい勢いで廊下や階段の雑巾掛けを始めた。客達はあっけにとられていたが、

「いや、こいつは働きもんでなあ」

と、祖父は上機嫌で杯(さかずき)を傾けていた。

しかし、「働きもん」だったのは、この日だけ。彼女は、祖父に負けず劣らずの大酒飲みだった。酔って祖父と言い争うと、二階の窓から屋根に出て、着物の裾もあらわにそこで大の字に横たわる。そして、「さあ、殺せ！　殺してみろ！」と、近所中に響く声でがなりたてるのだ。

　そんなだから、たったの二ヶ月で離婚した。ところが、その三ヶ月後に、祖父はまたもや結婚した。今度のおばあさんは、前の人と対照的に小柄で細い人だった。

　一見、おとなしそうに見えたが、じつは癇性（かんしょう）で、私は小言ばかり言われていた。お酒は飲まないが天理教の熱心な信者で、昼となく夜となく太鼓を打ち鳴らし、

「あしきをはらいて、たぁすけたぁまえ、てんりおうのみぃこぉとぉ！」

と、細い声をいっぱいに張り上げてお題目を唱えていた。

　何があったのかわからないが、この人も半年足らずでいなくなった。同時に、私は継母である秋枝さんの元に引き取られ、祖父は家を引き払って間借り生活に入った。

　それから半年もたたないうちに、祖父は死んだ。寒い夜、酔って外を歩いてい

て側溝にはまり、凍死したのだ。実の両親、祖母、祖父、祖父の再婚相手……私の周りからは家族が消えていった。

人の中の鬼と神

昔に較べると、子供の人権はずいぶん尊重されるようになった。けれども虐待は減らない。それどころか、増えているという話すら聞く。ことに家庭内での虐待は、外から見えないだけに発覚しにくい。近所がうすうす気づいていたとしても、はっきりした証拠がないと行政も警察もすぐには介入してくれない。

まったく気づかれないことも多い。「自分の知人友人には、子供を虐待するようなひどい人間はいない」と思い込んでいる人もいるが、虐待、ことに子供へのそれは、密室で、ひそかに行われているのだ。

「そんな目にあっているのなら、子供も、学校の先生か近所の人にでも助けを求めたらよかったのに」

虐待がニュースになると、そんなことを言う人もいる。こういう人は何もわかっていない。

子供は虐待されることで、自分がいかに弱い立場であるかを知る。誰かに訴えることで、虐待の場から確実に隔離されるならいいが、そう簡単な話ではない。多くの場合、他人に打ち明けたことで、さらに陰湿でひどい仕打ちにさらされる。

ややこしいのは、虐待をする人が悪人とは限らないことだ。秋枝さんにしても、私に向ける顔は鬼だったが、我が子二人に対しては女神だった。片親である引け目を感じさせまいと、いつも身綺麗にさせ、声を荒らげたりもせず、愛情たっぷりに接していた。二人の子供達にとって、彼女はいまも誇りに思う母親だろう。

こんな境遇に置かれなければ、彼女は鬼になることなどなかったに違いない。そんな邪悪なものが自分の内にあることさえ、知らずにすんだだろう。

しかし、たいていの人の心の中には、神も悪魔もいる。その時々の状況に応じて、どちらかが出現する。いつ、何がどんなかたちで出てくるか、自分でも予想がつかないところが恐ろしい。

秋枝さんと二人の子供が、それまで、どこでどう暮らしていたのかは知らない。そこへ私が加わった時は、貸間専門の家の十畳間が、一家の住まいだった。大家も入れて四家族が、その二階建ての家の一間ずつに住んでいた。

短い間しかいなかったが、隣の、窓がひとつもない部屋にいた一家のことは、記憶に色濃く残っている。そこを借りていたのは、夫婦と小さな男の子二人の四人家族だった。一家の主は、建設現場で働く土木作業員。

廊下に面した襖(ふすま)を閉めると、その部屋は真っ暗になる。だからいつも、襖は半分ほど開いていた。室内は八畳くらいの大きさだっただろうか。窓がひとつもない分、家賃は安かったはずだ。

夕食時になると、いつもそこから塩鮭を焼く匂いが漂ってきた。前を通ると、薄暗い中で親子四人、塩鮭が一切れだけ載った七輪を囲み、無言で御飯を食べていた。

子供心に、なんだか運の悪そうな一家だと思った。するとほんとうに、父親が高い作業場から落ち、大怪我を負った。その怪我が治るか治らないかのうちに、一家は夜逃げをした。間借りの家賃さえ払えなくなったようだ。

横浜のドヤ街へ行くたびに、あの一家のことを思い出す。高度経済成長期だったから、元気でありさえすれば肉体労働者は全国に仕事があっただろう。けれども体を壊したらおしまいだ。夜逃げをするしかなかったのだろうが、子供はまともに学校へも通えなくなる。

あの二人の子供はその後どうなったのか、いまだに気になる。


なぜかはわからないが、私達はほどなく、別の貸間に引っ越した。今度は市街地の中心あたりで、プロパンガス販売店の二階だった。大家は販売店の経営者で、父親と、三十歳をとっくに過ぎた独身の息子だ。

この家には私達の他に、共働きの新婚夫婦、夫がめったに帰ってこない船員の妻と幼い息子、という二家族が間借りしていた。もちろん、大家父子もここに住んでいる。

私達の部屋は六畳くらいの大きさだったが、その奥に広い物置があった。その物置は借りていなかったので、大家はいつでも勝手にうちの襖を開け、ずかずかと部屋を横切ってそこへ入っていく。

当時はたいていの家が、ドアではなく襖や障子で部屋を仕切っていた。盗まれるほどの物はないので、鍵など掛けていない。

物置に入っているのは、当座、使わない家具類がほとんどだった。その隙間に、いわゆるエロ雑誌が数冊、無造作に放り込まれていた。

私はそれをこっそりと見た。半裸の女が品のない笑みを浮かべ、だらしなく脚を開いているような写真ばかりだった。芸能雑誌に登場する女優さんは、高貴で美しく、いつまでも眺めていたくなるが、これは汚いだけだ。ことに、揃って女の噂が絶えない独身父子の本だと思うと吐き気がした。

後年、私は古本屋に入ると必ず気分が悪くなった。本が好きなのにどうしてだろうと不思議だったが、ある時、気づいた。私の脳に「けがらわしいもの」としてインプットされたあの臭いは、本が湿って黴(か)びた時の臭いだったのだ。

十歳からの日々はそんなふうに始まった。学校から帰ると、まず幼稚園へ妹を迎えに行く。妹はとても愛らしい顔立ちで、いつもにこにこしていた。私の姿を見ると、満面の笑みで駆け寄ってきた。

弟はちょうど小学校へ入学したくらいの歳だった。二人とも私を「ようこちゃん」と呼び、慕ってくれていた。私もこの弟妹が可愛くてならなかった。だから二人の世話をするのは少しもいやではなかった。

秋枝さんは近くのレストランに勤めていたが、途中からは天橋立にある名流旅館の仲居になった。昼も夜も働いていたが、それでも暮らしは厳しかったらしく、生活保護も受けていた。

私は彼女の代わりに、すべての家事を担った。ここはトイレと台所が共用で、台所にはそれぞれの家族が使うガス台がある。炊飯器などないから、ガス台にお釜を載せ、火を調節しながら御飯を炊き上げる。

祖母が薪で御飯を炊くのを見ていたから、私も火加減はお手のものだ。しかし、おかずをつくるとなると、誰にも教わっていないし料理本もない。ろくなものはつくれなかったが、それでも渡されたお金の範囲内で、薩摩揚げや漬け物を買い、味噌汁などをこしらえ、子供達だけの食卓に並べた。

秋枝さんは勤め先の旅館で、まかないを食べる。何かおいしそうなものを貰ってくると、二人の子供達にだけそれを与えた。私はいつも、それが当然という顔でにこにこと見ていたが、その笑顔は子供なりのプライドだったのだろう。

一番たいへんだったのは洗濯だ。たらいに水を張り、洗濯板でごしごし洗い、何度か水を換えてすすぐ。私の小さな体で四人分を毎日洗濯するのは、かなりの重労働だった。

真冬の水は文字通り手を切る冷たさだ。生まれつき血の循環が良くない私は、シモヤケになり、すべての指がタラコのように腫れ上がった。やがてその指に幾つもの横筋が入り、皮が破れる。裂け目から赤い肉が盛り上がり、じくじくと黄色い膿が滲んでくる。いわゆるアカギレだ。痛いし、いやな臭いもする。

当時はシモヤケもアカギレも珍しくはなかったが、私ほどひどい手をした子供はいなかった。

ある時、学校で女性教師が私の手に気づき、「なんやそれ！」と声を上げた。顔を歪め、ああ汚い、と言わんばかりにそっぽを向いた。それだけだった。

家事は辛かったが、子供達三人は仲が良かった。クリスマスには、砂浜で拾ってきたきれいな貝殻などを、どこかから見つけてきたきれいな紙で包み、部屋の隅にそっと置いておく。

二人はそれを見つけると、「サンタクロースが来た！」と、大喜びしてくれた。私には何もなかったが、二人の笑顔こそ、私にとっては何よりのプレゼントだった。

でも、秋枝さんだけは私を愛してくれなかった。彼女が私に笑顔を向けてくれたことは一度もない。口調も、二人の子供達に対するものとはまるで違った。

「あんたとこの子らは違う。一緒や思うたら大間違いやで」

と、何度も釘をさされた。彼女が私に望んだのは家族になることではない。奉仕と服従だった。

引き取っておいて、なぜこれほど辛くあたるのか、私にはわからない。まるで、憎むために私をそばに置いているかのようだった。自分をこんな境遇に落としたのが、私の父親だから？　でもその男は、彼女の子供達の父親でもある。

扶養の義務もないのに、祖母が私を押しつけたから？

ならばなぜ、同じ町にある私の母の実家へ行き、「この子はお宅がなんとかすべきじゃないですか」と抗議しなかったのか。何もかもわからないまま、私はその境遇を受け入れるしかなかった。

秋枝さんはことあるごとに私をののしり、存在を否定した。「不細工」「何をしても駄目な子」「なんのために、おまえみたいな子が生きとるんやろ」。

通信簿の点数が良いと、露骨に不愉快な顔をされた。私が自分の子供よりいい成績を取るのはいやなのだ。それがわかってからは、勉強するのをやめた。

言葉だけではなく、手も足も出た。秋枝さんは真夜中に仕事から戻ってくる。虫の居所が悪いと、寝ている私の髪を摑み、布団から引きずり出した。掃除の仕方が悪いと言って怒り、朝まで起きてろと廊下へ追い出した。眠いから、当然、こっくりこっくりとなる。するといきなり襖が開き、秋枝さんが「寝るな！」と、私を蹴飛ばす。自分も何かいやなことがあって眠れなかったのだろう。

外から見てわかるような痣がつくわけではないから、暴力は露見しない。ましてや言葉の暴力は、かりにどこかへ訴える機会があったとしても、「そんなことは言ってない」と、大人が否定すればそれで終わりだ。

同じ家の間借り人達は、当然、こうしたことに気づいていただろう。けれども、貧しい環境は人の心も貧しくする。自分よりさらに弱い者を見つけ、一緒になっていじめることで憂さを晴らすという、哀しい現実があった。

船員の妻も新婚妻も、家主の独身息子も、台所などで顔を合わせると、秋枝さん同様、私を邪険に扱い、辱めた。みんな、憂さを晴らすためのサンドバッグを必要としていたのだ。

この人達は、私を「ばか洋子！」と呼んではばからず、中学生になった私が台所の真ん中で行水をするのをためらうと、「おまえの裸なんか誰が見るか！」と嘲笑した。でも、間借り家族や販売店の若い男性店員など、いろんな人が行き来する台所で、裸になって水を浴びるのは屈辱だった。

船員は一年に一、二度しか家族の元に戻ってこなかったが、誰もいない隙を見計らって私をレイプしようとした。

気配を察して逃げたが、彼は、

「人に言うたら、おまえの方が損するで」

と、脅しをかけるのを忘れなかった。

守られていない子供は、常に危険にさらされている。

しかし、罪もない子供を平然と辱めるこの人達も、社会では善良な庶民として通っていた。いじめや虐待は、直接手を下す者だけではなく、見て見ぬふりをしている者も同罪だ。私はそう思わずにいられない。

五歳年下の弟は、やがて体が大きくなり、力が強くなった。小さい頃は私を姉として慕ってくれたのに、この頃になると母親に倣（なら）い、私を使用人扱いするようになった。

読みたい漫画本を、どこからか調達してこいと命じる。当時は図書館に漫画雑誌など入っていなかったし、私はお金を持っていないので、調達できるはずもない。が、できないというと竹でできた箒（ほうき）の柄で思い切り叩かれる。「持ってくる」

というまで叩かれる。もう本屋で万引きしてくるしかなかった。
こうして私は、どんどん逃げ場のない状況に追い込まれていった。

逃げ場所は「あっちの世界」

思春期を迎えると、人間の感性はより繊細になってくる。秋枝さんや弟の暴力、周囲からの辱めが、中学生になってからはいっそう心身にこたえてきた。生理が始まり、体が女になっていく。胸なんかほとんどない痩(や)せっぽちの女の子だったが、周りの男達の目つきが明らかに変わってきたのを感じた。ろくでもない男ばかりだと思っていたから、嬉しいどころか不安が募る。大人になればここから逃げ出すチャンスも来るだろう。このやっかいな時期をなんとか乗り切りさえすれば……そう自分に言い聞かせることで、やけっぱちになることから逃れていた。

ありがたいことに、現実から別世界へ逃げ込むための窓口があった。図書館である。受付はきれいなおねえさんだった。本を差し出すたびに、やさしく微笑(ほほえ)んでくれた。

少年少女文学全集や「赤毛のアン」シリーズは小学生の頃に全部読んだ。「赤毛のアン」は多くの女性達のバイブルだが、孤児が幸せになる話なので、私には特別な思い入れもあった。

中学生になってから読み始めたのがハヤカワ・ポケット・ミステリだ。翻訳推理小説のシリーズで、アガサ・クリスティー、コナン・ドイル、エラリー・クイーン、ヴァン・ダインなど、世界的ミステリー作家の代表作が、綺羅星のごとく並んでいた。

私が生まれた頃、日本にも探偵小説ブームがあり、江戸川乱歩や横溝正史などが活躍した。図書館にも彼らの作品はあったと思うが、いかにも日本的な因習がからんだ、おどろおどろしい物語が多い。日常がおどろおどろしいのだから、本能的に目を背けた。

それに引き替え翻訳ミステリーは、登場人物も舞台もまったくの別世界。幾つ死体が転がろうと、血なまぐささがない。謎に満ちた物語は、現実を忘れさせてくれた。

さらに、登場するものすべてが豪奢で美しい。ヨーロッパや中近東の壮麗な館、クラシックなホテル、豪華客船、豪華列車、上流社会のパーティー、衣擦れやシャンパングラスの触れ合う音……次々と、夢中で読んだ。

映画も大好きだった。当時は、東映、松竹、大映、日活、東宝、新東宝と、邦画六社が元気に競い合っていた。私は子供だし、いまも昔も娯楽物至上主義だから、チャンバラ映画と呼ばれた東映時代劇や、無国籍と揶揄された日活アクションはことのほか好きだった。

空き瓶を集めて売ったり、近所の人のお使いをしてお駄賃を貰ったりすると、映画館へ走った。映画館の入場料も安かった。さらに、貸本屋で『平凡』『明星』『近代映画』といった映画雑誌を借り、こっそりと読みふけった。

大家の物置には、藁半紙のノートが未使用のまま何冊もあったので、それを勝手に使い、『平凡』や『明星』を真似た、私だけの映画雑誌を創った。登場するスターも映画も対談もゴシップも、すべて私のオリジナルだ。全ページ埋まると、即、破って捨てた。これは私の妄想世界だ。決して誰にも見られてはいけないものだった。

一生懸命、弟妹の面倒をみて、家事一切をやっていても、秋枝さんにはしょっちゅう、「少年院」に入れる、と脅された。そこに入ると、鬼のような看守に暴力を振るわれ、社会に出ても生涯消えることのない烙印がつきまとうのだと聞かされていた。

孤児院（養護施設）に入れてほしいという望みは、ひそかに持っていた。そうすれば「足長おじさん」や「赤毛のアン」のような幸せが、自分にも訪れるかもしれない。が、少年院は絶対に行きたくない。

ある時、秋枝さんは「箪笥の引き出しに入れておいた一〇万円がなくなった。おまえが盗んだんだろう」と言い出した。もちろん、それがほんとうならたいへんなことになる。当時の一〇万円は、いまの一〇〇万円くらいの価値があった。しかし、そんな大金がなくなったというのに、彼女は警察へ行こうとしない。ねちねちと私を責め、怒鳴りつけ、叩き、蹴飛ばすだけだ。

いじめるための嘘だということはすぐにわかった。が、金額をたとえば三〇〇〇円くらいにして、もうちょっと信憑性のある演技を彼女がすれば、私はほんとうに少年院にぶちこまれたかもしれない。大人は大人の嘘を信じる。

やがて私は、現実逃避のために、いろんな妄想世界を創り出すようになった。その世界のヒロインである私は、世界一可愛くて、世界一頭が良く、誰もが憧れる少女。ジャングルから大都会まで、世界中を駆け巡り、超人的な冒険をやってのける。

授業中でも道を歩いていても家事をしていても、いつのまにか、その世界へすっと入り込んだ。じつを言うと、いまでもその癖が抜けない。仕事にはまったく役にたたない妄想世界。人生の半分は、そこで生きてきた。

私はあやういところで踏みとどまっているが、もうちょっとこれが進むと危険なことになりかねない。

解離性同一性障害という精神障害の一種がある。いわゆる多重人格だ。自分の中にもう一人の、あるいは複数の、別な自分を創りだしてしまう。あげく、どれがほんとうの自分なのかわからなくなる。

正直なところ、その傾向がないでもないのだが……。

十四歳の家出

「あんた、家出するか？」

母方の祖母からそう囁かれたのは、中学三年の夏。あさってから夏休みが始まるという日だった。

同じ町の、徒歩で五分もかからないところにあるとはいえ、私は実母の実家にほとんど出入りしていない。小学生の頃は、たまに行って庭のいちじくをもがせてもらったりしたが、子供ながらに、この家で自分が歓迎されていないことがわかっていた。

中学生になってからはまったく行かなかったし、何人もいた叔母や叔父も、私を家に呼ぶことはなかった。

同じ頃、弟は毎夏、東京から来て長く滞在し、みんなから可愛がられていたことをあとから知った。でも私は、異父弟の顔さえ見たことがなかった。

その時、祖母とどこで会ったのか覚えていないが、なにせ小さな町だ。祖母が私をつかまえるのは造作もない。彼女の言葉に、私は考える間もなく頷いた。家出の中身なんかどうだっていい。ここから逃れられるならどこへでも行く！

「東京のおかあちゃんとこへ行くんやで」

祖母は続けた。

その時点で、私は「東京のおかあちゃん」に対して愛着も恨みもなかった。どんな人かも知らないのだ。顔はおぼろげに知っているが、ものごころついた時にはもういなかったのだから。

「明日、学校が終わったら駅へおいで。教科書と着替え一組だけ持って。誰にも知られんように」

祖母は早口でそう言うと、人目をはばかるように去っていった。

翌日は一学期最後の日だから、夏休みの宿題を渡されたり、学校に置いてあるものを持ち帰ったりするだけで、授業はない。私は学校へ行くなり職員室へ直行し、担任の教師に、今日から東京の実母の元へ行くことになったと告げた。家出だという意識はどこかへ飛んでいた。嬉しくてたまらなかった。

この担任は森（もり）先生という若い男性教師だった。遡ること二ヶ月ほど前、私は彼に呼び出されている。

「おまえ、男と付きおうとるそうやけど」

決めつける口調で森先生は言った。

男？　誰？　春休みにアイスクリーム工場でアルバイトをした時、生真面目なKくんという高校二年生が一緒だった。Kくんは正義漢で、正しくないと思ったら、相手が大人だろうと経営者だろうと、しっかりと自分の考えを主張する人だった。

アルバイトが終わってから、誘われて、一緒に自転車で天橋立へ行ったことがあった。

「洋子ちゃんは、俺のこと、どう思てる？」

「う〜ん、おにいさんみたいな感じかなあ」

「おにいさんかあ」

Kくんは苦笑したが、それ以上、何も言わなかった。

私が自転車で転んで捻挫した時、Kくんはどこかから松葉杖を調達してきてくれた。彼は牛乳配達をしていたが、毎日、ただで牛乳を一本、うちのポストに入れてくれた。

けれどもある日から、牛乳は入らなくなった。町で擦れ違っても、彼は目を逸らした。おそらく、親か周囲の大人の誰かから、あんな事情のある家の子と仲良くしてはいけない、と忠告されたのだろう。

だが、森先生の口調から察するに、Kくんのことではなさそうだ。もしかすると、町の不良グループのことだろうか。

同級生に不良グループの一人と親戚関係にある子がいて、その子と一緒にいる時、不良グループが通りかかったことがある。二言三言、私も口をきいた。それが悪い噂の出所だろうか。

森先生はなおも言った。

「おまえの下着に、シミがついとったそうやな」

下着？　シミ？　誰が見たんだろう、そんなもの。もう生理が始まっていたから、そりゃ、シミくらいつく。そのシミがなぜ問題なのか。私にはわからない。

考えられるのは秋枝さんだけだ。他の誰が、私の下着について、わざわざ担任に告げに行くだろうか。高校受験をするか中卒で働くかを決める時期だ。私の知らない間に、担任と保護者の面接があったのかもしれない。

それにしても、思春期の女の子に、こんな無神経なことを言う教師を、私は内心で軽蔑した。

「なんのことかわかりません。男の人とも付き合ってません」

私は笑顔で答えた。その笑顔は精一杯のプライドだったのだが、彼にはなぜか「せせら笑い」に見えたらしい。

「せせら笑った」という担任の言葉が、祖母（実母の母）にまで報告されていたことを、私は東京へ行ってから知った。

ずっと後になって、ふと、あることに思い至った。ちょうど森先生から奇妙な尋問を受けた頃、秋枝さんが私にパジャマを買ってきた。下着も含めて、衣類や靴、文房具などを、彼女が買ってくれたのは初めてだ。

体形がどんどん変わる時期に、最低限必要な衣類などを、どうやって調達していたのか、思い出すことができない。服も靴も万引きした覚えはないし、誰かからお年玉など貰おうものなら、即、秋枝さんに取り上げられていたのに。たぶん、「思い出したくないこと」のひとつに分類され、脳が鍵を掛けてしまったのだろう。

秋枝さんは惜しそうにパジャマを私の方へ放り、こういうことをしてやったからには、一刻も早く働いて、自分に恩返しをしなければならない……ということをくどくどと言った。

もしかするとその頃、祖母から、私を引き取りたいという話があったのかもしれない。祖母にしても、いきなり家出という強硬手段は考えないだろう。

秋枝さんはそれを拒否したのだ。あと半年たてば、私は中学を卒業する。働いて、給料を得る身になる。冗談じゃないと思ったのだろう。

それで私の担任に訴えに言った。中学生のくせに男とみだらな付き合いをする不良娘を、なさぬ仲の自分がどれほど苦労して面倒をみてきたことか。なのに、ようやくその苦労が報われる時になって、実母が引き取ると言ってきた。あんまりではないかと。

若い男性教師は、事情も実状も調べることなく、その言葉を信じたのだ。そして、私にも祖母にも、説教がましいことを言ったのだ。そうとしか考えられない。

私は秋枝さんの仕打ちを訴えたことなどないが、祖母はすぐ近くに住んでいるのだから、私が決して幸せな暮らしをしていないことに気づいていたのだろう。でも、秋枝さんはおいそれと手放さない。それで、「家出」を画策したのだと思う。

ならばどうして、もっと早く引き取ってくれなかったのか、と不思議に思うのだが、祖母もそれから二年後に亡くなり、すべては時の彼方（かなた）になってしまった。納得したわけではないが、大人には大人の事情があったのだろう。

話を戻そう。実母の元へ行きます、という私の報告を受けて、森先生は返事もしてくれなかった。が、その後、教室で夏休みの心得をあれこれと言ったあと、私が東京へ転校することを、みんなに告げた。

生徒達の間にざわめきが広がった。当時、地方の人間にとって東京は遠い夢の都だった。得意満面な私の耳に、森先生が続けてこういうのが聞こえた。

「この世には、育ててもらった恩を忘れ、さっさと出て行くような人間もおる。みんなは、そんな人間にはならんように」

なんのことだかわかったのは、私一人だっただろう。

なんとでもどうぞ。私は心の中で大笑いした。

その日、駅に行くと、クラスのみんなが見送りに来ていた。私が人気者だったわけではない。変化の少ない町の暮らしの中で、東京へ転校する同級生を見送ることは、一種のイベントに近いものがあったのだろう。

森先生の姿はもちろんなかった。それより、あわてたのは祖母だ。私を物陰に

引っ張り、

「誰にも内緒やて言うたやろ！」

そうだった。これは家出なのだ。すっかり忘れていた。

当座の着替えと教科書、それに祖母から渡された東京行きの切符を持った私は、電車の窓から力一杯、クラスメート達に手を振った。

「どんでん返し」はミステリー小説の中だけにあるのではない。現実に起きるのだと、この時、私は確信した。

Ⅱ「血」はやっかいなもの

「血の道」「血しぶき」「血が騒ぐ」「血刀」

「血が引く」「血が上る」「血なまぐさい」「血煙」……

血がつく言葉は怖くて重い。「血」はやっかいなものだ。

血の繋がりってなんだろう――父のこと

血は水よりも濃い、という。いくら親しくなっても他人は他人、いざという時は、血の繋がった身内の方が絆は強い……ということで、良い意味合いで使われる。

しかし、これを悪い方に解釈することもできる。どんなに迷惑をかけられても、どんなにそりが合わなくても、家族と縁を切るのは難しい。私の父親のように、勝手に戸籍上の縁を切って失踪するという乱暴な手を使っても、親子だという事実は消えない。

父は私の母と離婚する際、育てる気もないくせに、私の親権を取った。私は家出をして東京の実母の元へ行ったが、まだ十四歳。保護者が行方不明の父親では何かと困る。そこで、継父の戸籍に入ることになった。そうするためには継父と養子縁組という手続きを踏まなければならない。

それには実父の承諾がいる。警察沙汰を起こしたり失踪したりして、事実上、私の保護者だったことは一度もない人間でも、法的には父親。その当時の法律では、私は彼の許可がなければ、その戸籍から抜けることができなかった。

行方のわからない父を、裁判所が捜し出してくれた。ところが父は、すんなりと承知しなかったらしい。なんだかんだとごねたのだ。ひどい話である。

高校在学中にようやく継父との養子縁組が成立したが、中途で名前が変わるのもいやだろうというので、高校卒業直前に姓が変わった。だから卒業証書は、在学中とは異なる姓になっている。

この時も、若い男性教師が無神経なことをやらかしてくれた。彼は担任ではなく、世界史の教師だったが、卒業間際、うちのクラスに来た時、にやにやしながらこう言ったのだ。

「女の子ってさあ、高校卒業と同時に結婚したりすることもあるんだろ？　なんかこのクラスにも、名前の変わった子がいるんだって？」

私のことだ、とすぐにわかった。仲が良かった数人の友達は、事情を知っている。無言で表情を硬くしていた。が、何も知らないクラスメート達は「え〜〜！」「誰？　誰？」と騒ぎ出した。それ以上の話にはならずに収まったが、なんであの時、立ち上がって、

「それは私です。複雑な家庭の事情があるんです。おもしろいですか？　ここで話した方がいいですか？」

と、あの教師に言ってやらなかったのかと後悔している。

父が亡くなってから聞いた話だが、彼は新聞に私の江戸川乱歩賞受賞の記事が小さく出た時点で、娘だと気がついたらしい。私は結婚して別の姓になっていたのに、なぜわかったのだろう。こっそり、私のことを調べていたのだろうか。

さらにどこかの料理屋で、たまたま私の出ているテレビを観て、「あれは自分の娘だ」と周りの人に言っていたらしい。

なんという恥知らずな人間だろうと、その話を聞いて呆れた。だが、私はこの人と、まぎれもなく血が繋がっている。その事実はどうしたって消えない。

父に対しては、一緒に過ごした時間が皆無なだけに、愛もなければ憎しみもない。無責任で身勝手だということはわかっていたから、自分のルーツとしての興味はあっても、会いたいと思うことはなかった。

それでも、父親不在のトラウマは、自分でも気がつかないうちに、理想の父親像を心の中に創り出していた。さらに困ったことには、その像を、付き合う男性に対して求めていた。

どんな時にも強くて、賢くて、知識が豊富で、おおらかで、無償の愛をくれる人……。

「おまえの求めるものを与えられる男は、どこにもいないよ」

亡き夫が、ぽつりと言ったことがある。求める方も、求められる方も、不幸なことだったと思う。

それでも、父に関しては「この程度で終わった」という気持ちがある。さらに複雑で、お互い、愛憎の泥沼でもがくことになったのは、母親との関係である。

血の繋がりってなんだろう——母のこと

東京から京都まで、東海道新幹線のぞみで約二時間二〇分、京都から宮津までJRと北近畿タンゴ鉄道（現・京都丹後鉄道）で約二時間。故郷は、いまでもかなり遠い。私が十四歳の頃は、新幹線も北近畿タンゴ鉄道もなかった。いったいどれくらい時間がかかったのだろう。

家出少女の私は、同じ車両に乗り合わせた数人の大人から、不審な目で見られていることに気づいていた。長距離列車だというのに、持ち物は紙袋ひとつ。でも不安になるどころか、さっそくその視線を利用して、いつもの妄想世界にトリップした。

熱心に見ているあの中年男、あれは映画会社のスカウトだ。世界一きれいな少女の私を見つけてしまった。一本でいいからヒロインとして映画に出てほしいと懇願する。

東京に着いたら、さっそく、母を口説くだろう。社を挙げて大切にしますから、どうか一本だけでも……と。

母と継父は、こんなにもすごい少女を家族に迎えておろおろする。転校先の中学校でも、どこで情報を得たのか、私が初登校する前からそのことは知れ渡っている。実物を一目見ようと大騒ぎ……。

といったノーテンキな妄想のおかげで、長い列車の旅も飽きることはなかった。スカウトマンはどこかで降りたらしく、東京駅に着いた時はもういなかった。そこで私を待っていたのは、「見知らぬ家族」という現実である。

母のこわばった表情からは、緊張と煩慮（はんりょ）が強く伝わってきた。継父は、通りすがりの人かと思うような無表情。七歳年下の弟は、大きな目をいっぱいに見開き、あり余る好奇心で私を眺め回していた。

別れてから一一年。母と娘はようやく再会した。だがそこには、笑顔も涙もなかった。私はホームで、母と継父に頭を下げた。

「洋子と申します。よろしくお願いします」

母は無言のまま目を逸（そ）らした。

品川区にある小さな借家が、一家の住まいだった。平屋で、広めの一部屋と台所だけ。一隅に二段ベッドがあった。弟と私がそこで寝る。

「もっと大きな家だと思った？」

母が照れ笑いのような笑みを浮かべながら言った。「ううん」と、私はかぶりを振った。

チャブ台を囲んで食事をした。手作りのおかずが三種類並んでいたが、記憶に残っているのはマカロニサラダだ。こんなおしゃれなものを食べたことはなかった。

「宮津では、もっとおいしいものを食べてた？」

母がまた訊いた。私はまた、大きくかぶりを振った。この人は、私がどんな暮らしをしていたのか、ほんとうに知らないのだろうか。

始まった暮らしは、決して居心地の良いものではなかった。それでも私は、新しい学校、クラスメートへの好奇心でわくわくしていた。制服は紺のセーラー服だったが、半年しか着ないのに買うのはもったいないというので、母はありものの黒い生地(きじ)で似た感じのセーラー服を縫ってくれた。

生地に余裕がなかったらしく、体にぴったりしすぎていた。でも私は、それすら得意だった。なんといっても母親の手作りだ。そんなものを着られる身になったのだ。

それに、「映画会社にスカウトされた世界一の美少女」ではなかったが、京都から来たというので、私は注目の転校生だった。ことに男の子は、京女に思い入れが強かったようだ。京都といっても、私のいた宮津市は京都府のはずれだ。京都市内とはまったく違う……と説明しても、わかってもらえない。東京の子の頭には、清水寺だの御所だの風雅な町並みだのといった観光写真しか浮かばないようだ。

「舞妓さんに友達いる？」と訊かれたり、私自身は早く消したいと願っていた関西訛りに感動されたりした。休み時間になると、他のクラスの男の子達がわざわざ私を見に来たりもした。もちろん、悪い気はしなかった。醜いアヒルの子から白鳥になったような気分だった。

一方、母は苛立っていたと思う。実の娘とはいえ、私は、せっかく得たささやかな幸せを壊しかねない異分子だ。何しろ家出を画策した祖母は、担任の教師から、私が不良少女だと聞かされている。男性との付き合いを問いただしたら、「せせら笑った」と。その話は当然、母にも伝わっていただろう。母はいつも、警戒するような目で私を見ていた。

継父は板金工で、たいそうハンサムだった。母とはどこで知り合ったのか聞かされていないが、恋愛結婚であるらしい。すらりとしていて、俳優にでもなれそうなほど整った顔立ちだった。が、当人はまったくそのことを意識していない。素朴な善人だが、細やかに神経が行き届くタイプではなかった。

私がこの家族に加わって間もない頃、継父が仕事で地方へ行き、夜になって帰ってきたことがあった。彼は弟にだけお土産を買ってきていた。喜ぶ弟に両側から寄り添い、嬉しそうにその顔を見つめる母と継父。そこに私の入る余地はなかった。一家団欒(だんらん)から置き去りにされ、私は部屋の隅でぽつんと座っているしかなかった。母も継父も声をかけてはくれなかった。

思えば、みんな悪気はなかったのだ。母も継父も私も、人間的に不器用だったのである。

確かなのは、母が私に、ある種の近親憎悪を抱いていたことだ。複雑な家庭で育ち、離婚経験もあるという自分の過去を、母はとても恥じていた。同じく歪んだ育ち方をした娘は、自分と同じコンプレックスを持つ人間として、どうしても好きになれなかったのだ。

母は自分の不幸をすべて人のせいにするたちだ。子供の頃、継父にいやな思いをさせられたのも、最初の結婚も、離婚も、すべては母親のせい。だから何かにつけ母親を責めたようだ。

同じことを、今度は娘からされるのではないかと恐れたのだろう。負い目を見せまいと、最初から私を押さえにかかった。

私が宮津でどんな暮らしをしていたかについては、ただの一度も尋ねてくれたことがない。でも、自分の不幸な生い立ち、ことに大人になってからの苦労については好んで語った。そして必ず、

「あんたという存在があったから、どんな楽しいことがあっても、心から幸せにはなれなかった」

と、付け加えた。

私は母のもくろみ通り、「私のせいで、おかあさんは不幸だった」という罪悪感にとらわれていった。親の支配下に置かれた子供によくあるパターンで、被害者なのに加害者にされてしまったのだ。

私は母を責めるつもりなど、元からなかった。それどころか、少しでも母に愛されたくて、媚びていた。何ひとつ、物をねだったことはないし、働くようにな

ると、安月給の半分を家に入れたうえに、外でちょっと一緒にお茶を飲むにしても、率先して私が払った。

母は弟を、時に赤ちゃん言葉で呼びかけるほど溺愛していたが、私は高校の三年間、一度も弁当をつくってもらったことがない。熱を出しても、冷たいタオルを頭に載せてくれたとか、お粥をこしらえてくれたということはなかった。

でもそんなことには不満を言わず、母に気を遣い続けている限り、母子関係は一見、円満だった。

私の最初の結婚は、母を満足させた。相手は、私の親が何もしてくれなくても文句や嫌みを言わず、一緒になって良くしてくれた。仕事でもみるみる出世した。二十代で家も買った。

問題は、三十歳を目前にして、私が彼と離婚したことだ。それもかなり強引に。

「あんたはやっぱり父親の血を引いてるのよ」

と、母は私を責めた。子供を引き取るための協力など、してくれるはずもなかった。

そして私は再婚で、さらに母を失望させた。相手は私より十八歳も年上の脚本家だった。離婚して一年ほどたった頃、仕事で知り合ったのだが、二度目に会った時、いきなりプロポーズされた。自分も独身で、一年ほど前に病気で奥さんを亡くしたという。

とんでもない、と思った。

「歳が違いすぎますから」

婉曲(えんきょく)に断ると、彼は笑顔で言った。

「いやいや、そんなこと、僕はちっとも気にならないよ」

こっちが気になるんですけど。

おまけに財産はなさそうだし、仕事も売れっことはいいがたい。昔は映画の脚本家として活躍したとはいえ、いまはこの世界も世代交代している。いつ失業するかわかったものではない。まあさすがに、そこまで言うわけにはいかなかった。当人は、それがデメリットだとは、みじんも考えていない様子だった。

正直言って、彼に恋はしなかった。なのに結果的には結婚したのだから、私もだらしがない。自分からごり押しした離婚だというのに、傷つき果てていた。まだ五歳の子供を置いてきてしまったからだ。

元夫は、離婚成立と同時に見合いで結婚し、子供は渡さないと宣言した。喪失感と罪悪感に苛(さいな)まれ、そこへ経済的不安がのしかかった。テレビアニメの脚本を細々と書いていたが、その先のあては何もない。

身も心もぼろぼろになった。部屋のあちこちに魑魅魍魎(ちみもうりょう)が潜んでいる気がして、寝る時に電気を暗くすることができない。煌々と灯りをつけたままで、外が白み始めるまで目を覚ましていた。それから少しだけ眠る。

体は痩せ細り、道でばったり会った友人に、

「あなた、麻薬中毒患者みたいに見えるわよ」

と、真顔で言われる始末だった。身から出た錆(さび)だから、自分を責めるしかない。

そんな状態のところへ、断られてもひるまず、熱心に求愛し続ける男が現れたのだ。若い男のように、ただ求愛するだけではない。ミステリーや童話しか読んでいなかった私に、いろんなジャンルの本を教えてくれた。

「本が好きなら、一度、うちへ来なさい」と言われて行ったら、そこはまるで図書館だった。漫画から学術書まで、あらゆる分野の本が揃っている。子供の頃、図書館に住みたいと願った私にとっては、夢のような光景だった。

さらに彼は、私のどんな話にもじっくりと耳を傾けてくれた。意見を求めると、豊富な知識や経験に基づく答えが返ってきた。付き合う男性に父親の役目を求めてしまう私にとって、彼はその点で理想的だった。

再婚することを報告に行くと、案の定、どうして金も将来もない男と一緒になるのかと母は怒った。紹介したいから連れてくると言うと、そんな歳の離れた男は近所に恥ずかしい、裏から入ってくれと言われた。彼にはほんとうに申し訳ないことだったが、実際、私達は、暗くなる時間に勝手口から入った。

母は彼に嫌みを言った。結婚式はぜひ盛大に挙げてほしい、ヒット映画を書いていた脚本家なら、有名俳優も呼べるだろう、ぜひ、そうしてほしいと。

彼は、ああ、そうですね、それがいいですねえと、終始、笑顔で頷いていた。根がいい加減な人だし、映画界、テレビ界という虚構の世界を渡り歩いてきた人だ。適当に聞き流すすべを心得ていた。もちろん私達は結婚式など挙げなかった。

恐れていたことが、結婚後数年で現実になった。夫も私も、ぱたりと仕事がこなくなったのだ。

自由業だから、そういうことは珍しくない。しかし夫はもう歳だ。今後、良い仕事が回ってくることはありえない。もっといえば、彼の筆力も、明らかに衰えていた。

ならば、私が頑張るしかない。名もない脚本家の卵に、待っていても仕事が舞い込むわけはないのだから、なんとかツテを頼ってプロデューサーやディレクターに売り込まねば。

けれども私は、売り込みが何より苦手だ。押しが弱いし臨機応変でもない。屈辱やセクハラに耐える根性もない。そこで一念発起した。というより、他に道がなかった。江戸川乱歩賞を獲ってミステリー作家になろうと決心したのだ。

賭けも賭け。まともに考えるなら実現の可能性はほとんどない。二十代の頃、絵本の文章や中編童話を書いたことがあるものの、大人向けの小説など、短いものさえ書いたことがない。国内外のミステリーをたくさん読んでいる、ということしか、私のよすがはなかった。

書いて、応募して、落ちて、また書いて、応募して……という、先の見えない引きこもり生活が始まった。乏しい貯金だけが頼りだから、引きこもらないわけにはいかない。三十代半ばの女盛りだというのに、化粧品も服も買わず、娯楽といえば、テレビで野球中継を観ることくらい。

書いた原稿は、賞を獲らない限りただの紙屑だ。読者は夫一人。自分の力がどの程度なのかもわからない。そんな日々は、やはり相当のストレスを生み出していたのだろう。突然、母に対する激しい憎悪が噴き出してきた。

あの人は私に冷たかった。

ちっとも愛してくれなかった。

けなすことはあっても、褒(ほ)めてくれたことなど一度もなかった。実母なのに、秋枝さんと同じじゃないか。

なぜ？　なぜ？　どうして！

心を焼き尽くさんばかりの勢いで、恨みが噴出する。けれども、母にそれをぶつけることはできない。相変わらず母の前では、少しでも良い娘であろうとしている。自分に対する怒りと苛立ちが加わり、気が狂いそうだった。

明らかに精神を病んでいた。病院へ行くべきだったかもしれないが、お金もない。そんな私を正面から受け止めてくれたのは夫だった。

応募作は書き続けていたが、恨みの噴火が始まると、私は夫の部屋へ行った。夫は本を読んでいる。私の顔を見るとすぐさまその本を閉じ、ぺたりと座り込んだ私と向かい合う。私は、母がいかに理不尽だったかを話し始める。一時間も二時間も、毎日、同じことを、何ヶ月にもわたって。

　彼は決して反論しなかった。意見も、求められなければ言わない。ただ、きちんと耳を傾け、時折、短く、「そうだね」「うん、わかるよ」と、短い相槌を打ってくれる。

　優秀なカウンセラーは、おそらく、彼と同じことをするのではないだろうか。喋りたいだけ喋らせる。思いのたけを吐き出させるのだ。

　ある日のこと、私が話し終えたところで、彼がゆっくりと口を開いた。

「おまえ、自分で気がついてるか？」

「何を？」

「おまえの書くミステリーは、犯人がみんな母親だよ。犯人でない場合は、黒幕とか」

　私は絶句した。まったく気がついていなかったのだ。

　母に愛されたいがゆえに、私はずっと、ものわかりの良い、親孝行な娘を演じていた。同時に、そうすることの葛藤や矛盾を、心の奥底に少しずつ溜め込んでいた。書くことによって、さらには良き聴き手に話すことによって、それがようやく表に出てきたのだ。

応募作を書き始めてから三年目、念願の江戸川乱歩賞を『花園の迷宮』で得て、私は小説家デビューした。三十八歳になっていた。その歳になってようやく、私は劣等感のかたまりであった自分に、少し風穴を開けることができたのだ。

勉強嫌いのツケは必ず回ってくる

高校時代の仲良し三人で食事をした。あの頃は毎日、べったりとくっついていたのに、いまは、気がつくと三年も四年も会っていなかったりする。そんなに遠い距離ではないのに、それぞれ、いまの暮らし、いまの付き合いがあり、そちらを優先したり、かまけたりしているうちに年月が過ぎてしまうのだ。

けれども、会えばお互い十七歳に戻り、たあいもない話に笑い転げる。それが一段落ついた頃、一人がぽつりと言った。

「高校の頃って、なんであんなに勉強しなかったんだろう」

ほんとに、と、あとの二人も大きく頷く。

三人とも中学校まではそれなりに「成績のいい子」だったはずだ。私だって、中学三年の半ばに東京の中学に転校し、最初のアチーブメントテストでは二〇〇番台。五〇〇人くらいいた生徒の真ん中あたり、でも二回目のテストでは、いきなり前から二〇番台へ躍り出た……という奇跡の過去がある。

宮津にいた頃は、良い成績をとってくると継母が不機嫌になった。だからわざと勉強をしなかった。彼女は私を高校へ行かせるつもりがなかったから、成績が良いと都合が悪かったのだろう。

家出をして東京の中学に入ると、ほとんどの子が受験勉強というものをしていたので驚いた。同時に、こんな成績では公立の高校へ入れないと言われ、超特急で勉強した結果である。

だが、無事に神奈川の県立高校に受かった後は、再び勉学意欲が消えた。理数系はからっきし駄目で、いまでも数字や記号を見ると、なんであれ拒否反応が起きる。

英語はわりあい好きだったが、他の教科はどれもこれもやる気が起きない。国語も嫌いだった。主語、述語、動詞、形容詞くらいはわかるが、あとの文法は覚える気がしない。これが助詞、こっちが形容動詞、なんてことを知らなくても、本は読めるし、手紙だって書ける。

怠(なま)けることしか考えていなかったくせに、大学へは行きたかった。漠然と新聞記者に憧れていたので、大学卒の肩書きが欲しかったのだ。

どっちにしろ、進学についての決定権は母が握っていた。進学させてもらえるのかどうか、例によって、母に負担をかけることを怖れる「良い子」の私は、ころころ考えを変える母に翻弄(ほんろう)された。

ある時は、私立でもいいと言ったり、ある時は公立でないと絶対駄目だと言ったり、ある時は、看護学校へ行けと言い出して、どこからかパンフレットまで貰ってきたり……。

私は根性がない。高校三年の三学期に入ると、もう、母の言葉に一喜一憂するのがいやになった。それである日、きっぱりと進学を断念し、母にも担任にも告げた。

どちらも、「ああ、そう」という感じだった。どう見ても、私が一生懸命、勉強に励んでいるとは言い難かったからだ。

私が作家になってから、母は私のプロフィール欄を見るにつけ、大学へ行かせなかったことを後悔していたようだ。私も、大学へ行くべきだったと思う。あまりにも世間を知らずに社会へ出てしまい、自分が何をしたいのか、何をすべきなのか、わからないまま右往左往していた。大学の四年間があれば、もう少しは違っていただろう。

中年になってから、仕事や趣味でずいぶんと本を読んだ。私はこんなにも学ぶのが好きだったのだと、遅まきながら気づいた。

いまだって知的好奇心は衰えていないと思うのだが、残念ながら記憶力、吸収力とも大幅に減退している。見たこと、聞いたことを、覚える前に忘れてしまう。

ああほんとに、若い頃、脳に働き癖をつけておきたかった。怠け癖の方はしっかりと身についているのに……。

涙が止まらなかった継母の葬式

秋枝さんが癌で亡くなったらしい、と母から告げられたのは、二十歳の時だった。私は即座に、お葬式に行くと言った。母はいぶかしげに眉をひそめた。

「べつに行かなくてもいいんじゃない？　遠いし」

母は一度も、秋枝さんとの暮らしについて訊かない。けれども家出というかたちをとってまで東京に来させたのだから、私が可愛がられていなかったことはわかっていただろう。なのになぜ葬式に行くのか、というわけだ。私にもわからない。が、行きたい、行かなければ、という気持ちにかられた。渋る母に、次のお給料が入ったらすぐ返すからと懇願し、旅費を借りて出かけた。

十四歳の時に家出をした子が、お葬式にのこのこ現れたわけだが、秋枝さんの親族から嫌みを言われることはなかった。歓迎されることもなかったが、普通に接してくれた。みんな、私が家出をした事情を察していたのだろう。

秋枝さんの遺影を目にしたとたん、涙が溢れた。そして止まらなかった。私は子供の頃からいまに至るまで、人前で泣いたことは数えるほどしかない。泣けば慰めてもらえるどころか、うとましがられ、怒られる、というトラウマがある。なのに号泣した。

なぜ借金までして葬式へ行ったのか、なぜあんなに泣いたのか、いくら考えても答えが出ない。秋枝さんが恋しかったこともなければ、家出に罪悪感を抱いたこともないのに。

数年前、高校時代の仲良しにこの話をしたら、彼女が大きく頷いて言った。

「私も同じだった。母の葬式で、泣けて泣けてしかたがなかったもの」

彼女が「母」と呼ぶ人も、じつは継母である。幼い時、両親が離婚し、母親は彼女と妹を置いて家を出た。その後、父の再婚で姉妹には新しい母ができた。その人は暴力こそ振るわないものの、愛のある接し方もしてくれなかった。

その冷たさは姉妹にとって、精神的な虐待だった。なのに、友人は、継母の遺影を前に涙が止まらなかったという。私と同様、理由はまったくわからないと。

もしかして……と、私は思う。私も友人も、いじめる側の哀しみを感じ取っていたのかもしれない。おそらく、冷たくされていた時点から。

相手は生まれながらの悪女ではない。実の子供達に接する時、秋枝さんはこの上なく慈愛深い母だった。私に対する時だけ鬼になった。友人の継母も、なさぬ仲の二人の娘には冷たかったが、孫はとても可愛がってくれたという。

誰だって、憎むより愛したい。なのに、できない場合がある。たとえば、私と実母の関係もそうだ。お互い、親子として素直に愛し合いたいのに、相手の心をはかりかね、邪推し、自分も相手も傷つけてしまう。

秋枝さんも友人の継母も、継子いじめをしている自分が、いやでたまらなかっただろう。取り返しのつかないことをしたと、悔やんで泣いたこともあったのではないだろうか。

時として、人は被害者になるより、加害者になる方が辛い。被害者は相手を許せばそれで済むが、加害者は自分で自分を許せない。いつまでも責め続ける。

私は離婚で子供を傷つけたが、生涯、そのことで自分を許すことはない。たとえ子供が「許す」と言ってくれても、私は自分の心に棘(とげ)を刺し続けるだろう。

団塊世代の青春は獣道でのマラソンだった。
藪を掻き分け、木間越しの太陽を追い、
大小の傷を負いながら、それぞれが走り続けた。
振り返ると切ないが、前だけを見ていられた
良き時代だったのかもしれない。

青春なんて疲れてばかり

コピーライターという職業があることを知ったのは、高校生活も終わろうという頃だった。受験する人達は勉強にいそしんでいたが、きっぱり進学をやめた私はお気楽。授業中はのんびり雑誌など眺めていた。

その日、持っていたのは、『美しい十代』という少女向けの雑誌だ。高橋睦郎（たかはしむつお）さんのインタビューが目に留まった。詩人としてつとに有名な方だが、この時の肩書きはコピーライター。後に林真理子（はやしまりこ）さんや糸井重里（いといしげさと）さんが世に出て、コピーライターという職業は有名になったが、この頃はまだあまり知られていなかった。私も初めて知った。

広告の文章を書く仕事だという。読み書きは嫌いじゃなかったし、広告の短い文章なら私にも書けそうな気がした。将来の展望など何もない時だったので、即座に決めた。よし、コピーライターになろう、と。

高校卒業後、ある会社に勤めながら、夜は、久保田（くぼた）宣伝研究所（現・宣伝会議）というコピーライターの養成所へ通った。たいがいの人は、大学を卒業してから、あるいは在学中に、こうした講座を受け、広告代理店などに入社してコピーライターになる。だから高卒の私など、この講座を終えたからといって、即、その職に就ける可能性は低い。

しかし私はラッキーだった。頻繁に出る宿題で、優秀作には選ばれないものの、佳作を獲りまくっていた。おかげで、卒業を前に、事務局が広告プロダクションを紹介してくれたのだ。

面接だけで、あっさり採用が決まった。私は勤めていた会社を辞め、このプロダクションの契約社員になった。基本的に、クリエイターはみな、契約社員という位置づけだった。そのプロダクションにいたイラストレーターやデザイナーは、貧乏な若者ばかりだった。しかし、みんな優秀で努力家だった。後に何人もが、ここから第一線へと躍り出ている。

そこへ、私もコピーライターとして入社……といえば、いかにもかっこいいのだが、世の中そう甘くはない。コピーライターはすでに二人いた。一人は三十歳くらいの男性、もう一人は私と同い年。二人とも忙しそうに働いているのに、なぜか私のところへはちっとも仕事が回ってこない。

朝、出勤してスタジオを掃除する。デザイナーやイラストレーターの使う筆、筆洗いの容器をきれいにする。あとはすることがない。声もかけてもらえない。コピーライターという肩書きのついた名刺を貰ったものの、毎日、身の置き所がなくて辛かった。

あとでわかったことだが、私は男性コピーライターのアシスタントとして採用されたのだ。でもそのコピーライターは、すでにその時、別の会社へ移ることを決めていたらしい。それで、私にかまっている余裕などなかったのだ。

微妙な立場になってしまったとしても、いまなら、どうすればいいのかわかる。

短い文章を書けばいいという、じつに安易な動機で、私はこの職業を選んでしまった。広告のなんたるかなど考えたこともなかった。時間が空いているなら、まずそこで勉強すべきだったのだ。

自分で広告コピーの習作を書き、ディレクターや営業に見てもらう。そうやって、「仕事をさせてください。私はやれます!」ということをアピールする。まがりなりにもクリエイターとして入ったからには、それが基本だ。まずは社内の競争に勝たなければ、いい仕事は回してもらえない。

半年余りたった頃、あとから入ってきた若い男性コピーライターがそれをやった。私は茫然と彼のすることを見ているだけだった。真似をしようにも、知識といい熱意といい、差がありすぎた。悪い意味で、まったくの世間知らずだった。結局、一年足らずでプロダクションを辞めた。ちらりとも引き留められなかった。

その後は、業界紙などでコピーライター募集欄をせっせとチェックし、スーパーのチラシ専門の小さなプロダクションに職を得た。さらに赤坂の広告代理店に移り、ようやくコピーライターらしい仕事をするようになったが、悲しいかな、体力の限界に来ていた。昔から疲れやすい体質だったが、往復の通勤がこたえたのだ。

当時、私は神奈川県大和市にある実家から通っていた。いまはもっと便利になっているが、この頃は、六本木にしろ赤坂にしろ、通勤ラッシュの電車やバスを乗り継いで、片道二時間もかかった。会社に辿り着いた頃には冬でも汗をびっしょりとかき、ゆうに三〇分は身動きできなかった。資料を読む振りをして机に顔を伏せ、必死で周りの目をごまかしたものだ。

もっと会社に近いところに住みたかったが、とてもそんな経済力はない。安月給なのに、その半分は生活費として家に入れていた。残りのお金で、昼食代、化粧品代、交際費などをまかなわなければならない。おしゃれをするどころか、本の一冊も買えなかった。

もう、家からも仕事からも逃げたかった。

逃げた先は結婚だった。まだ二十一歳だった。

ウーマン・リブとあの頃の現実

ウーマン・リブはWomen's Liberation（女性解放）の略。一九七〇年代の初めにアメリカから運動が起こり、日本にも広まった。

この頃、表向きは、欧米はもちろんのこと日本も男女平等だった。でも、アメリカでさえ、そんな運動が起きるような実状だったのだから、日本はおして知るべしだろう。

日本が民主主義になってから生まれた団塊世代の女達は、社会に出たとたん、その実状と向き合うことになった。そして「表向き」の男女平等をなんとか「現実」にしようとあがいた。

過渡期だったから、ややピント外れの過激な行動に走った人達もいた。「中ピ連」という女性団体を、私と同年代の人は覚えておられるだろう。「中絶禁止法に反対しピル解禁を要求する女性解放連合」というのが正式名称だった。

ピンクのヘルメットをかぶり、不倫をしている男性のところへ集団で押しかけ、責め立てるという奇矯な行動は、テレビのワイドショーにとって格好のネタになった。

でも、こうした行為は、男性はもちろんのこと、女性の共感を得ることもできなかった。あたりまえだ。不倫という行為において、中ピ連は一方的に男性だけを悪者にし、女性を被害者にしている。未成年ではないし、レイプされたわけでもないのに、なぜ被害者なのか。これでは、女性を意志薄弱な存在だと貶めているようなものだ。

当事者でもない女性達が集団でプラカードを掲げ、男性の会社にまで乗り込む姿をテレビで観て、多くの女性達が違和感を持った。短期間で消えてくれてよかった。

それはそれとして、女性の立場が不当に弱かったのも事実。通学・通勤の満員電車は痴漢天国だった。四方八方から手が伸びてきたこともある。体をひねろうが顔をしかめようが、誰も助けてはくれない。

いまは女子高生が果敢に痴漢の腕を摑み、大声を上げて「痴漢です！」と告発する。それができるのは、周囲が味方をしてくれるような社会になったからだ。

昔は、痴漢くらいで文句を言うなという風潮があった。レイプされてそれが表沙汰になったら、被害者である女性の方が「傷物」という冷たい目で見られた。男の性には寛大、女の性には保守的、という社会だった。

ヒッピーの登場でフリーセックスという言葉が流行る一方、女性週刊誌には「初夜の心得」が載っていた。新婚旅行先で迎える初夜のために、バスタオルやビニールの敷物を用意しましょう。出血で宿の布団を汚さないように……と。要するに、新婚初夜を処女で迎えることが、結婚の前提条件だったのだ。

そうした中途半端な時代だったから、女性が女性の足を引っ張ることも多々あった。

私がコピーライターとして働いていた赤坂の広告代理店は、事務員がすべて慶應大学卒の若い女性だった。しかし彼女達の仕事は、コピーを取ったり電話を取り次いだり、来客にお茶を出したりという、大学卒でなくてもできる仕事ばかり。

来客だけではなく、社内の男性社員にお茶を出すのも、女性事務員の仕事だった。が、コピーライターやデザイナーなどの専門職は、女性であっても、「お茶汲み」をすることはない。暗黙の了解ではなく、規則としてそうなっていた。だから私はお茶汲みをしなかった。

女性事務員達は男性にしかお茶を淹れない。私は、自分のお茶を自分で淹れて飲んでいた。ある日、彼女達の一人に給湯室へ呼び出され、「あなたはここの布巾を使わないで」と言われた。

私はもちろん、自分の使う湯飲みは自分で洗う。しかしその湯飲みを拭く布巾は、事務員の女性がまとめて洗う。布巾を洗わない私に、使う権利はないというわけだ。

布巾がどうこうではなく、女なのに、しかも年下で高卒なのに、私だけお茶汲みを免れていることが、彼女達にはおもしろくなかったのだろう。

ならば、自分の湯飲みすら洗わない男性社員には、なぜ文句を言わないのか。そんなことはわざわざ訊くまでもなかった。あの頃は、高学歴の女性でさえ、男性から「うるさい女」「男にたてつく女」と思われるのが怖かったのだ。

私は素直に言うことをきき、以後、布巾を使わなかった。が、お茶汲みや布巾洗いに加わることもしなかった。

男性も理屈では男女平等社会を理解していたと思う。だが実践は難しかったようだ。家事や育児を負担すると、男の沽券に関わると思っている人が多かった。

高度経済成長期で「猛烈サラリーマン」という言葉も流行っていた。外で仕事に邁進することこそ、男の本懐という時代だった。

女性もまた、夫のメンツのために、あるいはいい奥さんだと世間に思われたくて、無理をしてでも家事、育児を一人でこなそうと頑張った。

私が二十代の初めだった頃、人気絶頂だった清純派女優さんが、大金持ちの御曹司と結婚した。記者会見で、女優を続けるのかと訊かれた彼女は、しとやかな笑顔で答えた。

「まず、家事をちゃんとして、そのうえで彼のお許しが出たら考えます」

誰がどう見てもお手伝いさんが複数いるだろう、という環境だったが、当時は、トップ女優だろうとなんだろうと、結婚したら夫に従う「主婦」でなければならなかったのだ。もっとも、ほどなく離婚なさったから、現実はどうだったのか、私は知らない。

まあ、そんな状況だったから、女性も男性も理想と現実の狭間（はざま）で葛藤し、離婚も急激に増えた。私自身も結婚八年目で離婚した。

結婚当初は、夫の夢を後押しする良き妻であらねばと努力した。が、夫やその友人達が着実に社会進出し、夢を叶えていくのに反して、気がつけば、私は年々、家庭に埋もれていった。

焦った。自立して、私は私らしい人生を生きなければと、熱に浮かされたように思い続けた。社会のせいにするわけではないが、やはり時代の空気も影響していたと思う。

経済力もないくせに、私は強引に離婚した。周りの人々を傷つけ、自分もぼろぼろになった。あんな狂気さながらのことを、よくやったものだと我ながら驚く。

でもあの時代、私と同じように「自立」をお題目のように唱え、みずから嵐の中に飛び込んでいった女性は、けっこういた。それぞれリスクを負ったに違いない。はた迷惑でもあっただろうが、一方で、離婚というものが、個人的なことはともかくとして、社会的な意味合いで「恥ずべき過去」にならなくなったのは、あの時代からだったと思う。

私が小説家デビューしたのは一九八六年。三十八歳の時だった。その頃になっても、まだ、男性優位社会は続いていた。

作家になりたての頃、高名な男性ジャーナリストのインタビューを受けたことがある。

私は細々とテレビの脚本を書き、その仕事が途切れたあとは、とぼしい貯金を取り崩しながら応募作を書き続けたわけだが、彼はその話を受けてこう言った。

「いいですねえ、女性は。家事の片手間に小説を書いて、やっていけるんだから」

生活を賭け、服の一枚も買わずに三年間、応募しては落ち、また応募して……を繰り返してきた私は、唖然として返す言葉がなかった。

話をまともに聞いていなかったのだろうか。夫がいるというだけで、この人は、私を気楽な身分だと決めつけてしまった。

再婚した夫が十八歳年上で、昔、映画の脚本で活躍していたというだけで、受賞作は夫が書いたのだろうと言われたこともある。

女は損だ、と思わずにはいられなかった。なのに、男性の作家やその妻からまで、「いいねえ、女は何かと注目されるから儲かるでしょう。男はたいへんだよ」と何度か嫌みを言われた。

小説家の世界は男女平等だ。男だから、女だからという理由で、印税や原稿料に差が付くわけではない。あくまで実力だ。駄目なら、自分の力が足りないというだけのことだ。

しかし、実力以外のところでみょうな男女差別をされる。女は嫉妬深いと言われるが、仕事の世界において、男が女に向ける嫉妬は凄まじい。私の世代でさえそうだったのだから、その前の世代に社会進出した女性達は、どれほど苦労したことか。

一九八〇年代も終わろうとする頃、ある週刊誌に「ホテルウーマン」という小説を連載するため、某ホテルの常務取締役に話を聞きに行った。そのホテルは当時、国内ホテルランキングで常に一、二に選ばれていた東京の一流ホテルだ。

常務は、ホテルで働く女性について尋ねた私に、

「女は三十歳過ぎたら表には出しません。歳とると見場が悪くなるから、見えない部署に変えます」

と、きっぱり言った。女はやっぱり若くないとねと、四十歳の私を前にして、堂々と。また、同じ頃、テレビによく出ていた中年男性弁護士の事務所で、離婚裁判について取材した時のこと。不倫は離婚成立の要因になる、という話の流れで、ふと、尋ねてみた。

「夫が風俗嬢を買ったことがいやだ、ということで離婚もありえますよね」

すると弁護士は文字通り目を剝いた。

「何を言ってるんだよ、あんた。金で買ったのと不倫は違うだろう。男が風俗へ行ったからって、離婚を言い立てるかね。そんなのは裁判でも通らないよ」

お金を払ってするセックスは、感情のない、欲望だけのものかもしれない。けれども女からすれば、恋人や夫が他の女を抱くという行為を、そうあっさりと受け入れられるものではない。女を金で買うということ自体、嫌悪感を覚える女性もいる。正直に言うと私もその一人だ。

最近、「僕を買ってください」という男性売春の迷惑メールがよく入ってくるが、恋人や妻が男を買ったとしたら、男性は「それはかまわないよ、金で処理することだから」と、言うだろうか。

女だからといって甘えるのはよそう。権利を主張するためには、社会において男性と同等の義務を負おう……と、私達の世代はかなり肩肘張って生きてきた。

しかし、である。次の世代の女性達はどうだったか。

その世代は、ちょうどバブルの時代に大人になった。そして、クリスマスやバレンタインデーには、カップルでおしゃれなレストランへ行き、女性は相手からブランド物のプレゼントを貰い、シティホテルで一夜を過ごす、という社会現象を生み出した。お金はすべて男性持ちで。

さらに下の世代になると、中学生や高校生の援助交際なるものが出現した。彼女達に罪悪感はない。「風俗で働いてるわけじゃない。アルバイトだから」と、テレビや雑誌のインタビューに答えている。身を売っているという事実を認めたくないのだろう。

明治から昭和にかけて、売春業に身を落とさざるをえなかった貧しい女性達を救おうと、男性社会のまっただ中で闘った女性達がいる。平塚らいてうや山田わか、市川房枝といった女性解放運動の先達。彼女達がいまの状況を見たら、「女」というものに裏切られたような気持ちになるかもしれない。

でもまあ、考えてみれば、セックスをさせることで男から対価を得ることは、女が太古の昔からやってきたことだ。女が自分の意志でそれをやる分には、悪いことではないと私は思う。

が、不特定多数の相手をすることは、当然ながら危険を伴う。そこで、いざという時に護ってくれる盾が必要になってくる。これが管理売春に繋がり、結果的に束縛や搾取を生み出す。

結婚も基本は同じかも、と思う。私は一人で生きる自信がなくて、二度も結婚に逃げた。もちろん、相手を好きだったからだが、一人でいるのは怖い、誰かに護られたい、という願望が、それ以上にあったと思う。

自立というのは経済的なことだけを言うのではない。それ以上に大事なのが精神的な自立だ。自分の生き方、考え方をしっかり持っていないと、異性ではなく、同性の友達との付き合いだってうまくいかない。

老後の選択肢として、友達とのシェアハウスがよく語られるが、いまだに精神的な自立に自信がない私には、やっぱり難しいかもしれない。

子供を置いて

三十歳の時に離婚をした。その際、周囲から無言で、あるいは面と向かって非難されたのは、五歳の一人息子を置いてきたことだった。

「俺はもうそれだけで、あんたの人間性を否定するね。どんな事情があろうと、母親が子供を置いてくるなんて！」

仕事で知り合ったばかりのある男性は、私の事情を知るやいなや、人が何人もいる席で、そう言い放った。その後も、ことごとく嫌みな仕打ちをされた。

私の離婚も子供との別れも、その人に何ひとつ関係ないことだ。けれども、私のような女の存在そのものが、母性というものを信奉する人、ことに男性にとっては我慢ならなかったのだろう。

何ひとつ言い返すことはできなかった。言い返す気もなかった。他人に言われるまでもない。私自身が、自分のやったことで心身ともに追い詰められていたのだから。

離婚するに至った細かいことは、夫婦間のことだから言いたくない。自立を目指したのも事実だ。少なくとも相手に大きな落ち度はなかった。真面目な努力家で、自分の仕事で着実に地位を築きつつあった。その分、収入もついてきたから、私は何不自由ない奥さんだった。

彼が浮気をしたわけでもなければ、暴力を振るったわけでもない。ただ、私が二十一歳、彼が二十四歳と、若すぎた結婚だったとは思う。ことに、私の方は、普通の生まれ育ちではなかったから、悪い意味で世間知らずだった。さらに、居心地の悪い実家を、一日も早く出たかった。

自分がどういう人間なのか、何をしたいのかもわかっていなかった。それが、離婚に至る何よりの原因だったのだと思う。

ある時から、「家庭」という馴染みのないものの中に、自分が入っていることに、なんともいえない違和感を抱くようになった。この「普通」の暮らしを、どう運営したらいいのか、どう保っていったらいいのかわからない。

ここは私の居るべきところではない。出て行かなければ。一刻も早く出なければ……。いつからか、そんな焦燥感にかられるようになった。

私は「家庭」というものに憧れていた。祖母が自殺して以来、安心できる居場所がなかったから、人一倍、自分が必要とされる場所を求めていた。なのに、いざそれを手にしたら混乱に陥った。

父親などに家庭内暴力を受けて育った女性は、なぜか暴力を振るう男を恋人や夫に持ってしまうという。哀しいことだが、それは事実かもしれない。私の場合も無意識のうちに、あるべき位置に自分を戻したということだろうか。

あるべき位置とは、不安と孤独。表の意識では、もっとも避けたいものだ。なのに、裏の意識が、私をそちらに引き戻す。これこそが、トラウマの恐ろしいところである。

「僕と息子はきみの犠牲者だ」

と、後年、夫だった人から言われたが、素直にそれを認めるしかない。

ただもう、ここから出て行かねばと、やみくもに思い詰めただけという、むちゃくちゃな離婚だった。何より、私には経済力がない。無職同然だった。

自分でも理由のわからない衝動にかられ、勝手な離婚を言い出したのだから、財産分与などもってのほか。子供を引き取ることも、もちろん許されない。当座、アパートを借りたり、最低限、数ヶ月暮らせるお金だけを、夫であった人から貰った。

閑静な住宅街に建てた戸建ての家から、世田谷（せたがや）区の下町にある1Kのアパートへと、私は一人で移った。その部屋は、風呂、トイレが付いてはいるが格安だった。住んでみてすぐ、その理由がわかった。

四階建てビルの最上階、といえば聞こえはいいが、ワンフロアに私が借りたのと同じ広さの1Kがひとつずつ、という文字通りの鉛筆ビルだ。表は二四時間、車の通りが絶えない環状8号線。

喉が弱い私は、引っ越して一週間後には排気ガスにやられ、声が出なくなっていた。髪がぱさぱさになり、肌は荒れてファンデーションがまったくのらない。どこから入ってくるのか、三センチもある大きなゴキブリが、室内をばたばたと飛び回る。

夜は一睡もできなかった。車の騒音と振動のせいもあるが、精神的なものも大きかった。六畳一間とキッチンだけという狭さなのに、夜、灯りを落とすと、至るところから魑魅魍魎が這い出てくるようで、片時も神経が休まらない。かといって、電気が明々と灯る下でも眠れないので、朝までむりやり目を覚ましていた。そして窓の外が明るくなってから、ようやく二、三時間眠る、という毎日だった。

結婚していた頃、シナリオの勉強をしていたおかげで、離婚直後に、テレビアニメの脚本を書かせてもらえるようになった。けれど、名もない脚本家の卵だから、いつ仕事がなくなるかわかったものではない。経済的不安と子供への罪悪感が、部屋の中に恐ろしい魑魅魍魎を生み出していたのだろう。

当然、体調は最悪で体重もみるみる減った。耳鼻咽喉科をはじめ、内科や産婦人科へ通ったが、精神科へ行ってみるという考えはまったく浮かばなかった。

神経なり精神なりをほんとうに病むと、自分はおかしいから病院で治療を受けよう、というような冷静な判断ができなくなる。周囲にいる誰かが気づいて、病院へ連れて行くしかない。私にはそんなことをしてくれる人もいなかった。

「心身を病む」というが、「心」の方は、抱えている問題から目を逸らせていた。真正面から向き合うことに耐えられず、無意識のうちに見ない振りをしていたのだろう。

しかし体は正直だ。あちこち具合が悪くなるだけではない。デパートなど不用意に歩いていると、突然、金縛りにでもあったように動けなくなる。さらに、足下からじわじわと、泥のように重くていやなものが体内を這い上がってくる。おそるおそる見回すと、そこは家庭用品か子供用品、あるいは、おもちゃ売り場だったりするのだ。

クリスマスや歳末、正月の街を一人で歩くのは、いまだに苦手だ。胸苦しくなる。心に根づいた深い罪悪感は、私に与えられた罰なのだろう。

息子とは、十数年前に再会した。私が自分の母に一番してほしかったのは、「あなたが悪いんじゃない。すべて、親である自分が悪かった」と、一度でいいから謝ってもらうことだった。

母はついにそれをしてくれないまま、認知症になってしまったが、私はとにもかくにもそれを実行した。ひたすら、彼に謝った。

そんなことで納得してもらえたとか許してもらえたとは、もちろん思っていない。彼の表情からも、その心の内は窺えなかった。

その後、会う機会はない。彼の方から言ってこない限り、私から、会いたいと無理強いすることはないだろう。

年に二度だけ、彼にメールを送る。正月と誕生日。おめでとうございますと、健康かどうかを尋ねるだけの文面だ。

返事をちゃんとくれる。

「ありがとうございます。元気です。山崎(やまざき)さんもお元気で」

それだけだが、私にとっては何ものにも代え難い返信である。

「自殺」は、生きるための武器だと私は思っている。
いざとなれば、その武器を使える、と思うことで
過酷な時期を乗り切ってきた。
最後まで使わなければ、それはそれで素晴らしい。
やったね、と一人でにんまりするだろう。

父のその後

　あれは二〇〇七年の初秋。当時、K社で私の担当だった編集者から電話があった。

「ごめんなさい、じつはもう一〇日くらい前になるらしいのですが、山崎さんの妹だとおっしゃる方から、社に電話があったんだそうです。でも文芸とは全然関係ない雑誌の編集部だったから、受けた者がなんのことかわからないまま忘れてしまっていたようで……。いまになって、私のところへそれが伝えられたんです」

　山崎洋子の父が亡くなり、通夜と葬儀が行われるから日にちと場所を伝えておいてほしい、という伝言だったらしい。

　妹というのは、秋枝さんの娘、真由子（まゆこ）のことだろう。家出をして以来、真由子とも、その兄の恭一（きょういち）とも、私は付き合いがない。

　しかし真由子達は、失踪した父親とその後、再会し、交流があったようだ。真由子は私の連絡先を知らなかったが、父の死を知らせたいと思ってくれたのだろう。私の本が何冊か出ているK社に電話したのだ。

残念ながらK社は大きな総合出版社で、ゲームソフトから辞書まで、ありとあらゆるものを出版している。どこかの部署に電話を掛け、たいして有名でもない作家の名前を出しても、「誰、それ?」ということになる。

作家が特定できたとしても、出版社は連絡先などの個人情報は教えない。まずは電話をしてきた人の連絡先を聞いておき、それを作家に伝える。相手に連絡するかどうかは、作家本人が決める。

真由子も自分の連絡先を、電話に出た人に伝えた。けれども、そのまま忘れられてしまったというわけだ。

通夜にも葬式にも間に合わなかったが、その伝言が私に伝わっただけでも、よしとしなければならない。何十年ぶりかで、私は恭一、真由子と再会した。

恭一が私に放った第一声。

「うわっ、ものすごいババアになったなあ」

そういう二人も、すっかり中年になっている。

私は二人から、父のことを教えてもらった。父は熱海(あたみ)で、妻に看取(みと)られ、八十二歳で亡くなったという。

もしかすると、私達の他にも子供がいるのでは……という予感がしたが、見事に当たっていた。秋枝さんの次に結婚した相手との間に、女の子が一人生まれていたのだ。

新しく出現した〝妹〟は、父親の存在そのものが寝耳に水だったようだ。彼女が生まれてすぐに父親は亡くなったと、母親から聞かされていたという。

なんと父は、生涯に五回結婚していた。子供は四人。ひょっとすると、婚外子もどこかにいるかもしれない。戸籍に載っている四人にしても、誰一人、父に育ててもらってはいない。

「さんざん人を不幸にしておいて、自分は最後を奥さんに看取ってもらって死ぬなんて、狡いと思う」

真由子がぽつりと言った。

私の母と離婚し、秋枝さんと再婚した父は、二人の子供をもうけながら、また警察沙汰を起こした。過去を消すため、育った家との養子縁組を解消し、勝手に離婚届を出し、失踪した。その「どこか」が静岡県の焼津市だったことを、私は初めて知った。

なぜ焼津市だったのかはわからないが、父はそこで三回目の結婚をした。女の子を一人もうけたが、その子が父親の記憶を持つ前に、またもや姿を消した。相手も納得しての離婚だったのか、秋枝さんの時のように、勝手に離婚届を出して消えたのか、それもいまとなってはわからない。

四回目の結婚をして、父は熱海に腰を落ち着けた。金融業を営み、一時はずいぶんと羽振りの良い時もあったらしい。

その頃、父は恭一と真由子に連絡をしてきたという。二人の母、秋枝さんは、若くして癌で亡くなったが、そのことを知ったのだろう。二人の学費など援助したらしいが、その代わり、二人のすることにことごとく口を挟んできたようだ。

「私の大学だって、男がいる学校は駄目だ、なんてことを言うのよ。だから嫌気がさして、だんだん会わなくなったの」

真由子が腹立たしげに言った。育ててもいないくせに、父は子供を自分のものだと思っていたようだ。

しかし罰があたったのだろうか。父は四回目の結婚にして、ついに自分の方が置いていかれた。妻が病気で亡くなったのだ。

もはや高齢者になっていた。昔のように、すぐ別の女を得ることはできない。

若いブラジル人の女性をヘルパーとして雇った。彼女には、あまり良くない男がついていたようで、父はせっかく儲けたお金を、あらかたむしりとられた。

金のない老人になると、よけいに人恋しくなったのだろう。父は八十一歳でシニア向けの結婚相談所へ行った。そこで知り合い、結婚したのが一歳年上の女性。父を看取った最後の妻だ。

小太りだが姿勢が良く、若々しい女性だった。経済的にはもとから自立していたから、父が死んでも困ることはないという。

彼女と父が暮らしていた2DKのアパートへ、私達は案内された。こざっぱりした住まいだったが、家具がすべて新しいものであることは一目瞭然だった。

「殿様が亡くなってすぐ、全部買い替えたんです。気分転換に」

彼女が言った。父のことを「殿様」と呼んでいたという。

わがままでたいへんな人じゃなかったですか、と尋ねると、彼女は柔らかな微笑を浮かべてかぶりを振った。

「絶対に自分より先に起きててくれ、なんて、だだをこねるような子供っぽいところはありましたけどね、扱いやすい人でしたよ、殿様は」

若い頃はともあれ、最後は、殿様と呼んでたてておけば満足する、たあいない老人になっていたのだろう。

江田島海軍兵学校出身なのだから、戦争に敗けなければ、そして日本の軍国主義が続いていれば、エリート軍人としての道を歩んでいたかもしれない。

宮津市立高等学校が一〇〇周年を迎えた時、私はこの高校の出身者でもないのに記念講演をさせていただいた。その時、この「だめな父親」の話をしたのだが、終わって控え室に戻ると、当時の宮津市長が待っていてくださった。講演も聴いてくださったようだ。

市長が、その時、ぽつりとおっしゃった。

「戦争がね、いろんな意味で人の運命を変えたんですよ。あなたのお父さんの場合もそうだ。頭のいい人だったのに……」

市長は父と同じくらいの年齢だった。もしかすると同級生だったのかもしれない。無口な市長だったので、それ以上、言葉を交わすことはなかったが、もう少し、無理にでも伺っておけば良かったと悔やまれる。

不思議な出来事──椎の実

　不思議な話が大好きだ。でも、好きだからこそ疑り深い。怪談もオカルトも超自然現象も身を乗り出して聞きたがるが、まずは疑ってみる。ほんとうに不思議な話だけを知りたいから。

　とはいえ、そのたぐいの話は、人に信じてもらえなくて当然。信じられない話だから不思議なのだ。

　私のこの体験も、座敷童子の話と同様、偶然じゃない？　気のせいでしょ、と言われても仕方がないと思っている。

　別項でも書いたが、祖母が入水自殺をして遺体が発見された日の朝、私は朝食代わりに椎の実を食べて学校へ行った。だから祖母の死と椎の実は分かちがたく結びついている。でも、十四歳で宮津を後にしてから、「あの日」まで、椎の実を見たことは一度もなかった。

　子供の頃に椎の実をよく食べた、という話をすると、「何それ？」「ドングリなら知ってるけどねえ。そんなもの食べるなんて、よっぽど貧しい村だったの？」

という反応ばかり返ってくる。

試しにネットで「ドングリの食べ方」と打ち込んで検索してみたら、生でも食べられると記されていたが、よく見ると、それは椎の実のことだった。普通にいうところのドングリは、形からして椎の実とは違う。アクが強くて生では食べられない。韓国にはドングリ料理があるが、日本ではまず食べないだろう。でも椎の実は、生でも炒ってもおいしく食べられる。

四十歳を過ぎたある時、私はその椎の実と再会した。なんとも不思議な状況で。

作家になって二、三年たったある日、京都新聞の記者が私を訪ねてきた。支局が宮津にもあり、彼はそこに勤務しているという。宮津出身の作家ということで、私はインタビューを受けた。

話があらかた終わったところで、ふと思いついて尋ねた。

「宮津の警察にも出入りなさってるんですよね？」

もちろんです、と彼は頷いた。ならば、と私は打ち明けた。祖母が天橋立で入水自殺をしたのだが、複雑な事情の家だったので、いまとなっては命日もわからない。自殺は変死という扱いになるので、警察にその記録がまだ残っているかもしれない。調べていただけないだろうか、と。

いいですよ、と記者は請け合ってくれた。それが夏の初めの頃。でもその後、いっこうに連絡がない。警察が事件の記録を保存しているのは五年間くらいだと聞いたことがある。きっと、もう処分されていたのだろうとあきらめた。

そうしたら、秋も深まった頃、その記者から電話がきた。私はその時、いつも使っているバッグを開いて、どこかに入れたはずのメモを捜していた。片手に受話器を握り、もう一方の手でバッグを探り続けていた。

「すみません、あれから仕事であちこち行ってたものですから、今頃になっちゃって」

記者は申し訳なさそうに言った。

「いえ、いいんですよ。こちらこそ面倒なことをお願いして申し訳ありません」

「いえいえ。でも残ってましたよ、記録。ええっと、お祖母(ばあ)さんが亡くなったのは一九五五年の十月三十日だそうです。六十八歳だったと……」

「そうでしたか。それはどうも。十月三十日ですね」

喋りながら、目の前の壁に掛けられたカレンダーを見上げた。

十月三十日……え？

「十月三十日って、今日ですよね？　今日が命日ということですか？」

「は？　あ、ほんとだ。そうですねえ！」

記者はそのことに気づかなかったようだ。驚いた声で応じた。その瞬間、メモを捜して逆さに振ったバッグから、茶色い小さなものが二つ、ころんと出てきた。

私は記者に礼を言い、受話器を置き、バッグから出てきたものを凝視した。まぎれもなく、それは椎の実だった。宮津を出て以来、長いこと目にしたことのないものだ。けれども、他の木の実と間違えることは決してない。なぜこれがバッグの中から出てきたのか。しかも、祖母の命日が判明したこの瞬間に。まさに命日だったこの日に。

もちろん、そうだ。祖母は私を置いて、勝手にあの世へ行ってしまったわけではない。そばにいた。いつも私を見守ってくれていた。私が命日を知ったいまこの時、祖母はそのことを知らせるために、椎の実の姿で現れたのだ。

笑われるかもしれないが、私はそう信じている。この椎の実を小さな容器に入れ、毎朝、手を合わせている。引きも切らず、お願い事をしている。祖母は休む暇もない。出てくるんじゃなかったと、いまでは後悔しているかもしれない。

私の自殺考

インターネットの中に、「自殺者遺族」のブログが複数ある。読んで字のごとく、自殺者の遺族がその心情を綴(つづ)ったブログだ。

なぜ救えなかったかと悔やみ、苦しみ、時には亡くなった人を叱り、笑い飛ばし、よけいに落ち込み、そんな日々から抜け出そうと、また書き綴る……。

私も自殺者遺族の一人だから、そうしたブログを他人事(ひとごと)として読むことはできない。切なくて胸が詰まる。

にもかかわらず、私は自殺という行為を否定してはいない。自殺者遺族だからこそ、肯定している。

「神は乗り越えられない試練は与えない」という格言があるらしい。それを耳にしたり目にしたりするたびに、私は内心で苛立っていた。そんなことはないでしょう、と。理不尽なほどの試練を与えられるから、時に、人は死を選ばざるをえないのだ、と。

苛立ちを通り越して腹が立ってきたので、出典を調べてみた。すると、新約聖書の「コリント人への第一の手紙」に書かれている一文だとわかった。

訳がいろいろあるようだが、「試練と同時に逃れる道も、ちゃんと与えられている。だから神を信じなさい」ということらしい。「神を信じ、神の許しを受けた人には」という但し書きがつく……という解説もあった。

そういえば仏教にも、前世の行いで現世があるという輪廻思想がある。キリスト教も仏教も、自分の身に何が起きようと、それはすべて神（仏）の意志なのだから、甘んじて受けよ、と告げている。だから自殺はいけない。神（仏）の意志に反することだから、と。

でも、人間は「考える葦」だ。少しの風にも揺れる葦のように弱い。その反面、他の生物にはない高度な知能を持っていて、あれこれと考える。

生とは何？　死とは何？　自分はなんのために生まれてきたのか。どう生きるべきか。そもそも、なぜ生きなければならないのか、自分の意志で生まれてきたわけではないのに。

そんなことを考えたことがないという人はラッキーだ。多くの場合、人生で一度や二度は、いや、悪くするともっと、人はその問いかけをしている。

前向きな答えが出る場合はいいが、解決のつかない無間地獄へと向かうことだってある。病気、怪我、暴力、失恋、受験の失敗、仕事の問題、家族の不和、離婚……。

生きるとは、不公平で不条理だ。他の人は上手に生きているのに、なぜ自分にはできないのか。なぜこうなってしまうのか。希望の光が見えることなどあるのだろうか。

努力が足りない、と言われるかもしれない。しかしこの世には、努力しようにもできない環境だってある。

家庭内暴力、通り魔的無差別殺人……そのようなことに走る人間は、多くの場合、愛のない、むごい子供時代を送っている。

その子供時代が神の与えた試練だったとしたら、いったいなんのためにそんな残酷なことを、神はするのか。

癒えることのない傷を心に負い、それゆえ、自分も他者も愛することができず、また次の犠牲者を生み出すことになる。

それほどの試練を与えるのが神だというなら、私は神なんて認めない。運命だの因果だのと言われても、決して納得できない。繰り返すが、この世は不公平で不条理なのだ。

私の祖母の場合、一人息子は警察に追われて失踪、夫は大酒飲みで暴言を吐き、暴力を振るう。経済的にも逼迫（ひっぱく）していた。祖母はおそらく、身体も壊していたと思う。あの閉鎖的な町で、どれほど追い詰められていたかは想像に難くない。

私は自殺という行為を、「考える葦」にだけ与えられた最終武器だと思っている。他の生物は、自殺行為はしても自殺をするだけの知能は持っていない。

自殺した人を、弱虫と決めつけないでほしい。川端康成（かわばたやすなり）だってヘミングウェイだって自殺したのだ。それぞれ、理由は違えども、耐えに耐え、考えに考えた末の、究極の決断だったのだろう。

少なくとも、私は祖母を責めない。よくぞ、その勇気を振り絞ったと尊敬しているし、冷たい海に身を沈めることで、ようやく安らぎを得たのだと安堵（あんど）している。

だからといって、自殺を勧（すす）めているわけではない。自殺は、死ぬためにある武器ではない。生きるための武器だと、私は思っている。

辛くてたまらない時は、「大丈夫、いざとなれば、私には自殺という武器があるんだから」と考えることで、明日を迎える力を得た。

この武器は一度しか使えない。使ったら、すべては終わりになる。ならば、これを使わずに、もう一日、いや、一週間、思いきって一ヶ月、生きてみるのもいい。

ちなみに、昔、ベストセラーになった『完全自殺マニュアル』は愛読書のひとつだ。いろいろな自殺の方法が書いてある。その中で、一番、楽で確実な方法を選び出し、よし、これでいこう、と頷く。でもまだ「未遂」すらやったことがない。

人間にだけ許された武器を最後まで使わないというのも、また、「ざまあみろ」だと思うから。

年齢を知りたがる女

そう、いるのよねえ、初対面なのに、「何年生まれですか？」なんて無遠慮に訊く女が……って、それは私のことである。

いい女と呼ばれる女性は、たいてい「年齢なんて関係ない。自分は意識してないし、訊くのは失礼だと思う」とインタビューなどでおっしゃっているが、私は逆だ。

訊かれもしないのに自分の年齢を言うし、相手の年齢も知りたがる。なぜなら、出会った相手をなるべく理解したいし、会話をする以上、こちらも理解されたいから。

年齢は、互いを知るための大事なキーワードだ。生まれた年がわかれば、その人の生きてきた時代背景がわかる。そこから、共通して知っていること、知らないことが見えてくる。

だから私は、講演をする時も自分の年齢を言う。一度、パネルディスカッションのポスターに、パネラーの年齢が私だけ入っていなかったことがあった。私以外のパネラーはすべて男性だ。年齢がちゃんと記(しる)されている。いやな気がして、主催者に電話をした。なぜ、私だけ年齢が入っていないのかと。電話に出た男性は戸惑った声で言った。

「でも、女性はみなさん、年齢を表に出すのをいやがられるものですから」

気を利かせたつもりだったらしい。一言、その前に尋ねてくれたらよかったのに。

年齢を隠すのはよそう、と公言しているだけに、こんなポスターだと困る。しかしこの人にいくら言っても、いまさら私のためにポスターやチラシを刷り直してくれることはないだろう。その分、お金がかかる。涙を飲んで引き下がった。

ここであらためて言うが、年齢を隠すのは、逆に恥ずかしくないだろうか。自分の生きてきた時間を、否定したり卑下したりすることにならないだろうか。

女性が何かと年齢で差別されることは、私も身にしみてわかっている。ある男性など、

「どうして、あなたは年齢を公(おおやけ)にするの？　せっかく実年齢より若く見えるのに」

と、真剣に忠告してくれた。

だけど、少々若く見られたからって、それが何になる？　良い職を得ることができるのか。恋が始まるのか。どっちにしろ、実年齢がばれた時、みっともないだけではないか。

年齢で判断されたくないという気持ちもわかる。あの人はもう六十歳だから駄目だとか、七十歳だから無理だろうとか、いい歳してあんなことをしてとか、私だって言われたくない。

けれども、隠すということは、その差別を認めてしまうことになる。差別する相手に屈していることにはならないだろうか。

私は六十歳を過ぎてから明るいパステルカラーの服ばかり着るようになった。それを買う時、ちょっと気後れする。若い店員さんが、「孫へのプレゼント？　まさか自分で着るんじゃないわよね」と内心で嘲笑しているような気がして。通販で買う時も、年齢を記入する欄があると、この服がふさわしい数字を書いた方がいいかしらんと、一瞬、迷う。

でも、そこでひるんだら終わり。

これを書いているいま、私は六十六歳。

六十六年の年月を、だてに生きてきたわけではない。悔やむことも恥じることも多かった。でも、それなり一生懸命に生き、積み上げてきた私の時間だ。それを、「六十六歳という年寄り」に見られたくないからといって、こそこそ隠すなんて絶対にいやだ。

年齢から解放されたいと願うのなら、まずは自分自身が、自分の年齢を肯定することではないだろうか。

Ⅲ　事件はまだまだ起きる

歳をとるのも、死ぬのも、そんなにいやではない。
けれど、能力が衰え、外見が醜(みにく)くなり
社会から忘れられていくのは辛い。
でも辛いからこそ、
この世とさよならする覚悟もできるのだと思う。

認知症のはじまり

実家に泊まった時のこと。物音で目が覚めた。隣の部屋に寝ている母が、部屋を出たり入ったりしているようだ。何をしているのかと気になり、そっと覗いてみた。

ちらりと見ただけで、あわてて襖を閉めた。母が、上半身はパジャマ、下半身は素っ裸という姿で戻ってきたのだ。見てはならないものを見てしまったようで、布団に戻っても眠れない。

一〇分ほどたつと、また、母が部屋を出た。どうしても気になって、覗く。ちゃんと下もパジャマを着けていた。洗面所に入り、何かごそごそやっていたと思ったら、またもや下半身裸で出てきて部屋へ戻った。

翌朝、洗濯機の中を見ると、パジャマのズボンと下着でいっぱいになっていた。母は夜中、何度も「おもらし」をしたのだ。下半身が濡れた感覚で目を覚ますのだろう。気持ちが悪いから取り替える。それを繰り返していたようだ。

母と同居している弟に話すと、彼は驚きもせずに言った。

「もうだいぶ前からだよ。本人は俺が気づいてないと思ってるけどね」

母の「まだら惚け」は、この時点から遡ること一年ほど前から始まっていた。

「おもらし」もそのひとつだったようだ。

同じ話を何度も繰り返す。突然、怒り出す。電話では、

「惚けるといけないから新聞をちゃんと読むの。日記もつけてるしね。テレビは観ないようにしてる。バカになるから」

と言うのだが、その声の背後にはテレビの音声が流れていた。

弟からは、冷凍食品を押し入れに隠したり、財布を買い置きの乾物の奥に突っ込んで忘れ、誰かに盗まれたと騒いだりした、という話を聞かされていた。

母と弟が住んでいたのは栃木県那須の別荘地だ。その前は神奈川県の大和市にいたのだが、ひろびろとしたところで暮らしたいという弟の希望に両親が賛同し、ここへ家を建てて引っ越した。

弟は那須塩原から新幹線で東京へ通勤するようになった。父は庭の土を均し、木や花を植えたりバーベキューコンロをこしらえたりしていた。

弟の友人達や私や叔母（母の妹）が遊びに行くと、母は家の前に群生している

カタクリを天麩羅にしたり、拾ってきた小さな栗で栗御飯をこしらえたりしてくれた。独身だった叔母は、会社を定年退職したら、ここで一緒に暮らすことになっていた。そのために、幾つも部屋のある広い家を建てた。が、その暮らしは数年間しか続かなかった。父が動脈瘤で急逝し、まだ五十代だった叔母は癌で亡くなった。

母は家にぽつんと取り残されたかたちになった。弟は出張の多い仕事なので、長く家を空けることもある。那須塩原の駅から家まで車で三〇分余りかかるので、私は弟が迎えに来てくれる時でないと行けない。

母は、家族の中では女王様だったが、外では自信のない人で、いくら勧めても、自分から地域の人の中へ入っていこうとはしなかった。人との接触が極端に少ない暮らしは、夫を亡くしたショックとともに、母が惚ける要因になったようだ。

ある時、母は私に、「郵便貯金が満期になった」という電話を掛けてきた。

「これを、あなたにあげたいの。あなたには何もしてあげてないから、これを下ろして、お金を持って帰って」

母のお金はすべて、弟が管理している。惚けた母が何を言ったところで、効力はない。それはまあ、みんなで相談して……と、私が言葉を濁すと、母はむきになって言い募った。

「かまわないわよ。だって、あたしのお金なんだもの、あたしが自由にするわ。誰にあげようと、あの子に文句は言わせない。あの子は、あたしのお金を勝手に使ってるのよ。冗談じゃないわ」

と、今度は息子をののしり始める。同じ内容の電話が、それから何度も掛かってきた。

母は私に、自分が冷たかったことを一度も謝らなかった。けれども、そのことを自覚していたようだ。「幻の満期郵便貯金」はもちろん貰えなかったが、私は、ちょっと救われた気分になった。

まあしかし、「勝手にお金を使ってる」と言われたのが、実の息子で良かった。弟はその頃まだ独身だったが、妻がいたら、その人はたまったものではないだろう。

若い頃は私も、

「歳とって惚けたら楽しいかもね。老人ホームに入って、同じホームの男性と、毎日、一目惚れを繰り返してたりして」

などという話に笑い転げていたものだが、惚けの実態を知ると、もう笑うどころではなくなった。

認知症も細かく分類されるようだが、ここではそれらをひっくるめて「認知症」と呼ばせていただく。

多くの場合、一気にそうなるわけではなく、「まだら惚け」の時期を経る。この時、たいていは周りから「いやだ、なんべん同じこと言うのよ」とか「また忘れたの？　どうかしてるんじゃない？」というようなことを言われる。周囲も病気だと気づかないから、つい言ってしまう。

言われた当人も、どうしたのだろう自分は……と、だんだん不安になってくる。プライドも傷つき、苛立つ。失態を気づかれまいとして、かえって奇矯（ききょう）なことをしてしまう。

そんなことが積み重なると、当人は、周囲が自分に敵意を抱いているのではないかと怯え、警戒するようになる。この不安と不信が、「財布を盗まれた」「嫁が御飯を食べさせてくれない」という妄想に繋がるのではないかと、私は想像する。孤立すると、人はひがみっぽくなり、疑り深くもなるものだ。

母がおかしくなり始めた頃、私はたまたま、老人介護をテーマにした一人芝居の脚本を依頼された。迷わず、まだら惚けの話にした。

正常と異常の間を行き来し、過去を懐かしみ、悔やみ、現在と未来に怯える初老の男が主人公。私は脚本だけではなく演出も担当し、芝居は複数の劇場で上演された。

母も、この頃、芝居の主人公と同じ状態だったのだと思う。私も弟も、母の物忘れや間違いを責めたりしないよう気をつけてはいたが、母自身が自分に苛立っていた。そして何度か、自殺を口にした。が、その「自殺」という単語すら、すぐには出てこない。

「もう、あたしは死ぬんだから」

「死なないよ。お母さん、どこも病気じゃないから」

「そうじゃない。病気じゃなくて、自分でほら、山へ行ったりして……ほら……」

私ともそんなやりとりがあったが、弟とは何かで言い争いをして、

「これから死にに行く!」

と、バッグを持って出かけようとしたらしい。が、靴を履くためにバッグを床に置いたとたん、自分がなんのために玄関にいるのかわからなくなったようだ。

たという。

何事もなかったかのように靴を脱ぎ、居間に戻り、弟のそばで、テレビを観てい

　一日置きにヘルパーさんが来てくれることになった。徐々に料理の仕方もわからなくなり、風呂の沸かし方もおぼつかなくなったからだ。けれども母は、ヘルパーさんの存在をまったく認識しない。

「今日、ヘルパーさんが来てくれたでしょ？」

　電話をしてそう訊いても、

「誰も来ないわよ。昨日もおとといも、ずうっと誰も来ないわよ」

という答えしか返ってこない。

　夫の死と同様、母にとって、ヘルパーさんに世話をやかれることは、認めたくない事柄だったようだ。だから、脳が勝手にその記憶を弾き出す。

　それにしても、一人でいなければならない時間が多すぎる。このままでは火事や怪我など、危険なことが起こりかねない。ついに弟から、母を施設に入れようと思うんだけど、と言ってきた。

　高齢者介護は、情だけでできるものではない。そのたいへんさを、私は癌になった夫を看取ることで知った。母には申し訳ないが、即、弟の考えに賛成した。

せめて、私が会いに行きやすいよう、横浜の施設にしてもらい、弟も私の希望に沿ったところを選んでくれた。

母を施設へ

騙（だま）すようなかたちで母を施設に連れて行った時は、やはり辛かった。母も当初は、なぜ自分はこんなところにいるのかと、パニックになった。広い家にいた時と同じ感覚で、よその部屋を勝手に開け、ずかずかと入っていく。怒って大声を上げたり、物を放り投げたりする。だから、母の部屋には花瓶ひとつ置けなくなった。

でもその期間は案外短かった。母はすぐに、私も弟も認識できなくなった。次いで足が萎（な）え、車椅子になった。嚥下（えんげ）が難しくなり、食事はすべて、ミキサーで粥状にしたものになった。

言葉もはっきりしなくなり、何か話してはいるのだが、内容がまったくわからない。もちろん、こちらの話すことも伝わらない。

老人ホームに入れば人との触れ合いがある。スタッフも入居者もたくさんいる。脳が活性化して、認知症の進行もストップするのでは、という私達の願望は、あえなく潰えた。排泄の感覚も鈍くなったので、いまは、おむつだ。会いに行った時、たまたまベッドで横になっていたりすると、スタッフに頼んで車椅子に移してもらう。おむつを替える時は、またベッドに寝かせる。風呂だって、抱えて入れなければならない。

これを家で自分がやるとなると、たいへんな重労働だ。あと半年とか一年とか、期限がわかっていれば頑張ることもできるだろうが、どこまで続くのか、先はわからない。現に、母がここへ入居してから、もう四年たっている。

母は内臓が丈夫だったらしく、粥状の食事を毎回、きれいにたいらげる。弟や私がプリンを持っていくと、コンビニの白い袋を見ただけで目の色が変わる。施設の食事は総じて味が薄いから、市販のお菓子やジュースの味が新鮮なのだろう。

母は素早く手を伸ばし、コンビニの袋を奪う。

「あ、ちょっと待って。いま、出して蓋を開けるからね」

と言いながら袋を取ろうとすると、「ギャーッ」と抗議の叫び声を上げる。袋を摑んだ手を決して離さない。痩せた体のどこからこんな握力が出るのか不思議だ。

蓋を開けてスプーンを渡すと、最後まできれいに、それこそ舐めるように食べる。何かを食べて「おいしい」と感じるのは、生きる喜びのひとつだ。何に対しても関心を持たなくなった母だが、食欲と味覚が残っているのは救いだ。

けれども、自分がこうなったらと思うと、私は怖くてたまらない。老いるのも死ぬのも、人間としてあたりまえのことだから、決していやではない。が、自分で考えることも動くこともできず、生きているのか死んでいるのか、いま何をしているのかさえわからない状態で、命を長らえるのは辛い。

心身ともに、まったく何も感じないのならまだしも、体の痛みはちゃんとある。喜びはなくても恐怖心はなくなっていない。母を見ていればそれがわかる。

母にはいまのところ、私と弟がいる。施設は清潔でスタッフの対応もいいが、万が一、母が辛い目にあうようなら、私達は別の施設を探すなりなんなりして対処するだろう。

けれども、私が認知症になったら、誰もそれをしてくれない。弟が元気でいれば、なんとか考えてくれるかもしれないが、彼も最近大きな手術をした。どっちが先に逝くかわかったものではない。

六十歳を過ぎたあたりから、人の名前や、日常使っているはずの単語が、すんなり出てこなくなった。体も、どこかに不具合が出るとなかなか治らない。

そうなると、何もかも面倒くさくなる。建設的なことをする気がなくなり、ただ、ぼうっとテレビなど観て、一日をやり過ごす。だんだんその時間が長くなりつつあるように思う。

日本はもはや超高齢社会に突入している。よからぬ医者が懐を肥やし、国の医療費がかさむばかりの延命治療ではなく、合法的な安楽死を考えてくれてもよいのではないかと、私は本気で願っている。

一人暮らしが鍵をなくすと

ある日、帰宅して家に入ろうとしたら鍵がなかった。私はマンションの七階に住んでいて、一階の入り口はオートロックになっている。ここはまあ、誰かが解除して入った時、一緒に入ってしまえば突破できる。が、自分の部屋には、自分の鍵がないと入れない。

時刻は夕方に近い頃。もう管理人さんは帰ってしまっていない。いたとしても助けにはならない。マンションによって違うだろうが、うちの場合は管理会社がマスターキーを持っていないし、合い鍵を預かってもくれない。

ここへ越す前は戸建ての家に住んでいた。庭に物置が二つあったし、犬小屋もあったので、合い鍵を隠しておく場所には困らなかった。あちこちありすぎて、どこへ隠したかわからなくなったこともあったが。

しかしマンションは、玄関から一歩外へ出ると廊下もロビーも共有スペース。隠し場所は限られているし、プロの泥棒なら、すぐに見当をつけるだろう。

私もこういう時の対策を考えていなかったわけではない。近くにある行きつけの美容院に合い鍵を預けてあった。さっそくそこに電話をして、これから取りに行くと告げた。ところが、私の鍵は、店ではなく自宅に置いてあるという。その自宅は店から三分とかからないところなのだが、いま接客中だから、あと二時間くらいたたないと取りに行けないと言う。一人でやっている店なのだ。

私は焦った。その日はいったん家に帰り、必要な物を取り、また出かけなければならない。お客さんにほんの数分ほど待っていただいて、自宅へ取りに行っていただけないかしら、と喉まで出かけたが、まあ、それが可能なら、言わなくてもそうしてくれたはず。要するに駄目だということだ。

オートロックを突破して自宅のドアの前に立ったものの、その先はどうにもならない。小さな鍵ひとつのことなのに……。

念のためにとマンションの管理会社に電話をしてみた。だが、解錠業者の電話番号を教えられただけだった。その番号に電話をして、こういう事情なのだが、すぐに来ていただくことはできないだろうか、と頼んでみた。

「三〇分から一時間くらいで行きます。でも、そのマンションの錠だと壊して交換するしかないですね。もしかすると、壊すのに一時間……いや、二時間くらいかかるかもしれません。ピッキング対策で単純じゃない鍵になってますから。料金ですか？　一個に付き一万八〇〇〇円くらいですね」

うちのドアは同じ錠が二つ付いている。二個とも壊さないと入れないから、時間も料金もその倍！

けっこうです、と電話を切った。あきらめるしかない。この後の約束をキャンセルし、マンションを出た。コンビニで週刊誌を三冊買い、ファミリーレストランで約二時間、美容師さんが鍵を持ってきてくれるのを待った。

ここから目と鼻の先に合い鍵があるのに……と思うと、肉体的疲労よりも精神的ダメージが大きかった。


後日、同年齢の男女が集まった会食の席でこの話をすると、じつは僕も……と独り暮らしの男性が身を乗り出した。

彼の住まいはやはりマンション。ただしオートロックではなかったから、マンションの中に入るのに問題はなかった。いざ、玄関を開けようとして、鍵がないことに気づいたのだ。

「携帯で検索して、テレビでよくＣＭをやってる鍵の業者に電話をしたんですよ。冬の寒い夜でねえ。それでも一五分くらい待ったら来てくれて、ああ、よかったと胸をなで下ろしましたね、最初は」

ところが、そこもやはり精巧な鍵だったらしい。業者はいろんな道具を使って頑張ってくれたが、三〇分、一時間と、時間ばかりが過ぎて鍵は開かない。

仕方がないから壊します、壊したら別の鍵を取り付けるしかないから、同じくらい時間がかかります、と言われ、彼は覚悟を決めた。会社へ戻り(電車はもうなかったからタクシーで)、そこで一夜を明かした。

「お金、かかりましたねえ。あなたが鍵の業者に言われた額と同じ。プラス、タクシー代」

すると、今度は女性が口を開いた。

「外から開けるのもたいへんでしょうが、中からも同じなのよ」

どういうこと？

「私、一度、倒れたことがあるのよ、家の中で。いまだに原因不明。どーんと倒れて、意識はあるんだけど体が動かない。電話のあるところに這っていくことすらできなかった。救急車を呼ぶこともできないの」

高齢になると、何が起きるかわかったものではない。

「何分間、その状態が続いたかわからないけど、ものすごく長く感じた。このま、じわじわ死ぬのかと思ったらほんとに怖かった」

その光景を思い浮かべた独り者達は、みな、絶句する。

さいわいなことにしばらく後、彼女の体には感覚が戻ってきた。倒れた時に肩や腕を打ったせいで、打ち身による痛みがその後、長く続いたそうだが、骨は折れていなかった。

ああ、良かった、という安堵の空気を打ち破るように、彼女が続けた。

「もしあの時、私の手にたまたま電話があって、119番できたとしてもよ、救急隊員は、うちへ入って来られない」

「どうして？」

「だって、動けないんだから、ドアの鍵を開けることができない。独り者は玄関の鍵を掛けておくでしょ、いつだって」

そのとおりだ。消防署だろうが警察だろうが、ドアを開けるには解錠業者と同じだけの時間がかかる。一刻を争う時にはどうなるか。

じつは私、その光景を目の当たりにしたことがある。

二年くらい前のある日、救急車のサイレンが、うちのマンションの前で止まった。思わずベランダに出て下を覗くと、ストレッチャーを持った救急隊員が、通りを挟んだ向かいのマンションへ入っていくところだった。

向かいのマンションは四階建てだ。ベランダは通りの側にあるから、うちのベランダと向かい合っている。

しばらくすると空のストレッチャーが戻ってきた。六十代後半と見られる女性が焦った様子でその後に従っている。救急車はストレッチャーを仕舞い入れ、立ち去って行った。これだけなら、ああ、なんでもなかったんだなと安堵するところだ。

が、六十代女性は道路に立ったまま携帯で電話している。その声が聞こえてきた。

「そう、だからいま、お姉さんちに来てるんだけど……いや、そうじゃないのよ、お姉さんじゃなくて、タクシーの運転手から電話があったの。今日は病院の日なのに連絡がないって……うん、だから急いで来たんだけど鍵が掛かってて……」

おろおろと、女性はあたりを見回している。こうなると他人事ではない。私だって、いつ鍵を掛けた室内で倒れるか、わかったものではないのだ。

ほどなく、小型の消防車がやってきた。梯子(はしご)を出し、マンションの壁にたてかけて伸ばしている。目標は三階のベランダらしい。

なんとなく事情がわかってきた。三階には六十代女性の姉が住んでいる。姉は病気で、定期的に個人タクシーの迎えを頼んで病院へ通っている。そして今日はその日なのに、何時に来てほしいという電話が運転手のところになかった。それで心配した運転手が、妹に連絡したというわけだ。

妹はすぐに駆けつけたが、鍵が開かない。電話にも出ない。異変を覚え、とりあえず救急車を呼んだ。しかし、鍵が掛かっていて救急隊員は入れない。合い鍵もなかったのだろう。そこで消防車が登場し、三階へ梯子を掛けて、ベランダから室内に入ろうとしている。

が、なんということか、梯子は三階に届かなかった。待つことしばし。二台目の消防車が到着。梯子が継ぎ足され、三階へ上っていく救急隊員達。

だが、ベランダも鍵が掛かっていた。どうする、どうする、と顔を見合わせながら、梯子を上り下りする消防隊員達。やがてあれこれの工具が消防車から持ち出され、消防隊員によってサッシのガラスが一部破られた。そこから手を突っ込んで鍵を外し、隊員達はついに中へ。

……というか、なんなの、これ！

順番通りに書くと、すらすら進行したように見えるかもしれない。が、最初に救急車が到着し、次に消防車が到着して隊員が室内に入るまで、一時間半もかかっている。

病人の妹は救急車より先に到着していた。だから鍵が掛かっていて部屋に入れないことはわかっていたはずだ。119番した時にも、当然、そのことは言っただろう。なのになぜ、救急車だけが来たのか。一緒に消防車も来るべきではなかったか。

さらに、三階だということはわかっていたのだから、なぜ最初からそこへ届く長さの梯子を用意できなかったのか。救急車や消防車を呼ぶというのは、たいていは一刻を争う事態だ。だが、目の前で繰り広げられているのは、なんとも、もたもたした救出作業である。

玄関の鍵を消防隊員が内側から開けたらしく、六十代女性が脇の階段を上がっていった。

しばらくすると、携帯を耳に当てながら下りてきた。

「駄目だったのよぉ」

と、涙声で話している。間に合わなかったのだ。

やがて消防車は去り、警察車両がやってきた。一時間くらいも室内で検証が行われていたようだ。最後の車がやってきたのは、事が始まってから三時間が経過した頃。車は遺体を運ぶためのものだった。

あれから、合い鍵は誰にも預けていない。一生懸命考え、あるところに隠した。その場所はむろん秘密である。

初めて席を譲られた時

それは六十四歳の時だった。年の瀬で、私は忘年会に出るため、おしゃれをして電車に乗った。ドレスアップというほどではないが、上着もスカートも、前をはだけて羽織ったコートも、オレンジ系のパステルカラーだ。私としては、今日は装いましたよ、という気分だった。体調も悪くなかった。

なのに、なのにである。乗ったとたん、ドアのすぐそばの席に座っていた若い女性がサッと立ち上がり、「どうぞ」と言ったのだ。パステルカラーずくめの私に。

一瞬、何が起きたのかわからなかった。席を譲られたと知ったのは、五秒ほど彼女の顔を凝視した後だった。

私はずっと、席を譲る側だった。せっかく座ったのにお年寄りが前に立つと、あ〜あ、と内心で溜息をつきながらも、「どうぞ」と、笑顔で席を立っていた。あまりにも疲れている時は寝た振りをした。

しかしこの若い女性は、私を見るなり「どうぞ」と立ち上がった。なんで？　違うでしょ。そりゃ、私は座りたいけど、「お年寄り」じゃないし……。怒りと屈辱で理性を失っていた。彼女を睨みつけるようにして、反射的に「いえ、けっこうです」と言ってしまったのだ。

彼女はおろおろしていた。隣に座っていた中年男性が、あやふやな笑みを浮かべ、「近いしね」と、呟いた。たしかに近い。私の目的地は、たったの二駅先だ。でもこの見知らぬ男性がそれを知っていたわけはないし、またこの男性は彼女の連れでもないようだ。

それでも無関係な男性が取り成さずにはいられないほど、私の目は吊り上がっており、親切な若い女性は身の置き所がない様子だったのだろう。

なんとも大人げない態度だったと猛反省したのは、その夜、帰宅してから。忘年会の席では、だれかれ構わず「電車で席を譲られちゃったのよ！」と訴えていた。それほどショックが大きかったのだ。

もしかすると、「まさか！　ほんとに？」と言ってほしかったのかもしれない。聞かされた方は「ありがたく座っちゃえばよかったのに」なんてことを言ってごまかしながら、「それがどうした？　充分ありうるじゃないか」と、内心で苦笑していたことだろう。

体力のない私は、優先席だろうと構わず、若者が長い足を投げ出して座り、スマホなんかいじっているのを見て、いつも苦々しく思っている。「代われよ、このくそガキ!」と内心で罵倒している。なのに、いざ席を譲られると、喜ぶどころか、この狼狽、落胆。

でもそんなことより、あの時の若い女性には、ほんとうに申し訳ないことをした。もう二度と老人に席を譲ったりしない、と彼女が悔やんでいませんようにと、切に祈っている。

ついでに言うが、日本の男性はじつに不親切だ。車内でお年寄りやお腹の大きな人に席を譲っているのは、たいてい女性。もっと言えば不親切のうえに非常識な男性も増えた。

以前、私は、赤ちゃんを抱いた女性に席を譲ったことがある。彼女は夫と一緒だった。

次の駅で、妻の隣の席が空いた。すると素早く、そこへ夫が座った。そして二人で顔を見合わせ、「よかったね!」とばかりにニッコリ。

なんで? なんでこの夫は「どうぞ」と、私をその席へ促さないの? 妻もなぜ、夫を咎めないの？

この話を知り合いの男性にしたら、そりゃひどい、と呆れるどころか鼻で笑われた。

「あなたがいまの社会をわかってないだけさ」

団塊の世代がいよいよ高齢者になった。
日本の終末医療は、どうなっているのか。
他人事ではない。
これからは我が身で、それを実感することになる。

気がつけば通帳は空っぽだった

私の一回りくらい下の人達が、親の介護でたいへんな状況になってきた。更年期障害も重なったりして、介護のあいまに自分も病院通い、という人が多い。

私もそうだった。ただし、私の場合は親ではなく夫だ。十八歳年上だったから、いつかそんな日が来るのではと、覚悟はしていたのだが、思ったより早く来た。私が四十七歳、夫は六十五歳だった。

その年はまず、春に私が倒れた。歩くのもやっとという状態で病院へ行くと、緊急入院を命じられた。肝臓の働きが極端に悪く、脱水症状を起こしていたのだ。連載も含めて仕事をすべてキャンセルし、その日のうちに入院。

入院中も検査や問診があったが、どうやら心身ともにストレスがひどいらしい。らしいも何も、自分でわかっていた。この頃、夫の浪費が凄まじかった。私が働く端から、そのお金をギャンブルや女性に使ってしまう。

私達はお互い脚本家で、結婚した時、仕事の未来は決して明るいものではなかった。いよいよ困窮した時点で、私は一念発起して推理小説を書き、幸運なことに江戸川乱歩賞を受賞して小説家デビューをすることができた。受賞の知らせがあった時、彼も涙を流して喜んでくれたものだ。

ようやく生活は楽になったが、私はここで大きな失敗をした。財布を夫に委ねてしまったのだ。関係をうまく保つために、相手におもねってしまうという弱さが、私にはある。母とのこともそうだ。しなくてもいい気遣いまでしてしまい、結果、相手をいつの間にか増長させてしまう。

それは私の中にある負い目のせいだ。母に対しては「愛されていない」という負い目があった。加えて、「愛されたい」という切望。そして夫に対しては、「妻が経済を担っている」という負い目。

それのどこが負い目なんだ、と言われそうだが、私は結局、古い世代の価値観を引きずった女だった。男女平等、女の自立、を自分に言い聞かせ、時代の旗印のもとで離婚までしたというのに、それと裏腹な「社会的に夫は妻より上の存在」という古い通念から抜け出すことができなかった。

妻の稼ぎに頼っているからといって、夫に引け目を感じさせてはいけない……そう思い込み、通帳をすべて夫に委ね、私がお小遣いを貰う形式にしたのだ。

でもその時は、夫にこれほど経済観念がないとは思わなかった。要するに、これまでは使うお金がないから、浪費しなかっただけのこと。お金が入ったとたん、彼は派手に使い始めた。

私はといえば、好きな物を好きなだけ買い、満足そうにしている夫を見るのが嬉しかった。

しかし、年月がたつうちに、自分の能力や体力の限界がわかってくる。五十歳を目前にして、いろんな意味で将来への不安が募ってきた。

それでも夫は浪費をますます募らせていく。高価なオーディオ装置、本、CD、一等席でのオペラ鑑賞、ギャンブル……。

やがて、どこの誰ともわからない女性から「早くお金、都合つけてよ！　奥さんが怖いの？」といった留守電が入ってくるようになった。問いただしても、夫は知らぬ存ぜぬで逃げてしまう。

ある日、ようやく勇気を奮い、通帳を見せてほしいと夫に申し出た。彼は見せてくれなかった。どこかへなくしたようだから、いま捜しているという。

嘘だということはもちろんわかったが、もはや疲れ果てていて、私には追及する気力も体力もない。あげく、脱水症状で入院。仕事をキャンセルしたので、経済的不安はさらに増した。

入院から二週間後、まだ治っていないという医師の言葉を振り切って退院した。家がどうなっているのか、心配でたまらなかったのだ。

それから一ヶ月ほどして、ようやく夫は通帳を出してきた。数字を見て目眩が
した。あんなに働いたのに、貯金は無いに等しかった。

競馬や投資で儲けて補塡するつもりだった、と言い訳する夫に絶望し、私はとうとう離婚を口にした。すると夫は、別れるなら、この家と、月に五〇万の生活費を貰う、と開き直った。収入のない六十代、という弱い立場を逆手にとったのだ。

こんな人ではなかった。おそらく夫自身も、自分がこんなことを言う人間だとは想像もしていなかっただろう。

応募作をせっせと書きながら、貧乏生活を送っていた頃、有名女性キャスターの結婚、離婚がマスコミを騒がせたことがある。美貌で有能なそのキャスターは、周囲の反対を押し切り、無職同然の怪しげな男と結婚した。

その男は彼女のお金を使って不動産を買いまくり、借金までした。たいへんな

リスクを負いながら夫をかばっていた彼女も、数年後、たまりかねて離婚した。ワイドショーでこのニュースを見ていた時、夫は吐き捨てるように言ったものだ。

「女房の稼ぎを使い込むなんて、男の風上にもおけないよな。こんな男にだけはなりたくないよ」

なりたくないに決まっている。なのに、なってしまったのは、私と同様、夫もまた、「夫は妻より上にいるべし」という古い価値観を捨てることができなかったせいだろう。

夫は昭和四年の生まれだが、映画界、テレビ界という最先端の世界にいた人だ。テレビ界に移ってからはさほど活躍できなかったが、邦画の最盛期に、石原(いしはら)裕次郎(ゆうじろう)、小林旭(こばやしあきら)といったトップスターのヒット映画を書いていた脚本家。そのプライドはそうとうなものだった。

「稼ぎ手が女房になったからといって、俺は家事なんかしたくない」というスタンスを崩さなかったのもその表れだ。

物書き一本で来た人だから、他につぶしは効かない。書く能力が衰え、目の前にお金があれば、それを使いまくるしかプライドを保つすべはなかったのだろう。

私もいけなかった。夫は私が応募作を書いていた時、精神的な支えになってくれた。毎晩、いやな顔ひとつせず、母に対する恨み辛みを聴いてくれた。お金が入るようになったからには、彼にも幸せになってほしかった。その「幸せ」は、お金ではなかったのかもしれない。おそらく彼もかなりのストレスを抱えていただろう。

周囲の人から、「奥さん、若いうえに稼いでくれていいねえ。優雅なヒモ生活じゃないか」などと言われたことも一度や二度ではなかったようだ。

でも私は自分の仕事をするだけで手一杯だったし、これまで、十八歳年上の夫として、私を大きく包んでくれていたことに甘えすぎていたのかもしれない。夫の浪費が病的なまでに膨らんでいくまで、私は自分の間違いから目を背けていた。

夫の癌（がん）

その年の夏、夫の癌（がん）が見つかった。腰痛であちこちの病院へ行ったあげく、東京女子医大病院に入院した。三ヶ月もの長い検査入院だった。癌はすでに末期で、余命はあと半年程度だと告げられた。でも、夫にはそのことを告げなかった。

彼の最初の奥さんは、若い頃から病気がちで、私が彼と知り合う一年ほど前に亡くなった。だから彼も病気には詳しい。自分でも、そう軽い病気ではないらしいとわかっていたはずだ。

が、そう思いたくないという気持ちが、手に取るようにわかった。それで、腰骨の病気だから、体力が回復すれば手術をして、その後、リハビリをすれば良くなる、ということにした。夫は素直にそれを受け入れた。

それにしても、検査入院の三ヶ月間で、私の方がかなりまいっていた。当時の我が家から東京女子医大までは、電車とバスを乗り継いで、片道二時間半かかった。一日置きに通ったが、二人ともどんどん体重が減っていく。夫は病気で、私は疲労で。

私は春に倒れ、二週間、入院した身だ。しかも、ちゃんと回復したわけではない。おそらくこの時、更年期障害も同時に来ていたのだろう。炎天下、横浜から東京へ通いながら、あいまをみて、私自身も産婦人科や内科の門を叩いた。

電車のホームに立つと、周囲にある大きな看板の文字が歪んで見える。目眩（めまい）がして倒れそうになるので、なるべく看板を見ないよう、いつも目を伏せていた。目がおかしくなったのだと思い、眼鏡をこしらえた。が、大きな字はくるくる回るし、小さな字はかすれたり不意に消えたりする。何度も眼鏡を作り直し、ことごとく無駄にしたが、あれも更年期障害の一種だったのだろう。

しかしほんとうにたいへんだったのは、末期癌の宣告を受けてからである。ここは検査入院なのだから、三ヶ月以上は置いておけない、早く他の病院に移るようにと、東京女子医大からせかされた。

私だってそうしたい。ここは遠いうえにおそろしくお金がかかる。ここへ入った時、個室しかないと言われ、三ヶ月間、財布の底をはたくようにして高い個室料金を払ってきたのだ。

医療保険でなんとかならなかったのか、と言われるかもしれない。夫は国民健康保険に入っているだけで、民間の医療保険にも生命保険にも加入していなかった。ヘビースモーカーだったが、なぜか自分の健康に絶対的な自信を持っていて、「十八年上だけど、俺の方が、おまえより長生きするな」と、いつも言っていた。だから保険なんか必要ないのだと。

ともかく、問題は病院だ。移れと言われても、どこへ行けばいいのか。

この頃、終末医療のための病院は、ほとんどなかった。ホスピスはできつつあったが、どこも、私が通うのは不可能な遠方ばかり。それに、死までほんとうに短い期間しかないと、はっきりわかっている人しか入れない。

東京女子医大に、どこか病院を紹介していただけないでしょうか、と頼んでみたが、それは患者さん側でやっていただくことになってます、という、そっけない返事だった。あてがあろうとなかろうと、病院はこんなふうに患者を放り出すのだと、初めて知った。

夫の症状は急速に進み、この時はもはやベッドに寝たきり。車椅子にも座れない。痛みを頻繁に訴える。自宅療養などできる状態ではなかった。

それでもようやく、横浜に受け入れてくれるところが見つかった。紹介してくれた人にはお礼に一〇万円を包んだ。そうまでしないと見つからなかったのだ。

そこは横浜の中区にある総合病院だった。しかし、末期癌に対応している科はない。夫が入れてもらえたのは外科病棟だった。

当時は横浜の郊外に住んでいたので、中区の病院までは乗り換えを入れて片道一時間近くかかった。洗濯物を詰め込んだ大きな紙袋をぶらさげ、毎日、あるいは一日置きに通った。夫は相変わらず寝たきりだったが、意識ははっきりしていた。それでも、長い話やシリアスな話はできない状態である。

驚いたことに、この病院の医師は、「治りますよ」と、あっさり言った。もちろん、東京女子医大で余命半年と診断されたことは話してある。

結果的には東京女子医大の診断が正しかったのだが、この医師の言葉には、そうとう振り回された。いまのうちに、車椅子用に家を改造した方がいいとまで言われ、どうやってその改造費を捻出すればいいのかと悩んだものだ。

ともかく夫はずっと寝たきり。やがて、痛み止めのモルヒネが処方されるようになった。ところが冬に入ると、「もしかして、ほんとうに治るのかも」と思う出来事が起きた。ある日、病室に入ると、夫がベッドの上に腰掛けているではないか！

「すごい！　腰は大丈夫なの？」

私は目を見張った。すると夫は、冷たい目でじろりと私を見返して言った。

「おまえ、いままでどこにいた」

「どこって……いま、家から来たところだけど」

「院長のとこにいたんだろ？　わかってんだよ。おまえ、院長と浮気してるじゃないか！」

いったい何が起きたのか、何を言われているのか、最初はまったくわからなかった。が、夫の顔つきと目を見ているうちに判明した。モルヒネの副作用で幻覚が出たのだ。それにしても、妻が院長と浮気をしている、という幻覚が、動かなかったはずの身体を起き上がらせるとは！

私は二〇分ほどかけて、ていねいにそのことを説明した。夫は途中から正気に戻り、納得してくれた。

「そうか、副作用の幻覚か。弱ったなあ。さっきさあ、先生に言っちまったんだよ、院長を呼んでこいって」

申し訳なさそうに、夫は言う。

「おまえから先生と院長に、よく謝っといてくれよ」

院長が来ないところをみると、病院側もわかっていたのだろう。

ともあれ、その日から夫は奇跡のごとく元気になった。歩いてトイレにも行ける。病院食はいやだ、もっと味のあるものを食べたいと言うので、好物の鰻（うなぎ）など持っていくと、二口くらいではあるが嬉しそうに食べる。

だがそんな状態は長く続かなかった。二週間もたたないうちにまた寝たきりになり、痛みの範囲はさらに広がっていった。食事も粥状から液状の栄養剤に代わり、ついには点滴になった。

私は病院から、携帯電話を持つようにと言われた。この頃、携帯はまだ普及していない。レンタルで、弁当箱ほどもあるものを入手した。病院からへとへとになって帰り、家を温める気力もないまま、居間で毛布をかぶっていると、その携帯が鳴る。

「ご主人が、どうしても奥さんを呼べと騒いでいるので、すぐ来てください」

身体を引きずるようにして、また病院へ行く。すると夫は、ベッドで眠っている。

「騒いでいる、という電話をいただいたんですけど」

「ああ、モルヒネの幻覚でね。鎮静剤を打ったから」

　ならば呼び出さないでほしい、と言いたかったが、ごねると出て行ってくれと言われるかも、という不安があって何も言えない。

　年末になると、暮れと正月は病院が休みになるから、家に連れて帰ってほしい、と言われた。これは私よりも夫が拒んだ。しわがれた声を絞り出すようにして言った。

「ちょっとどこかを触られるだけで痛いんだぞ。揺れる車に乗せられることが、どれほど辛いかわかるか？　痛みがひどい時に、おまえがすぐモルヒネを打てるのか？　頼むからこのまま置いてくれって、先生に頼んでくれ！」

　暮れだろうが正月だろうが、患者は苦痛から逃れることはできない。懇願して、なんとか置いてもらった。

　そして三月を迎えたある日、夫の様子を見たとたん、胸を衝かれた。意識が混濁して、呼吸が荒い。急いで看護師を呼んだ。ところが彼女は、ちらっと見たきり、

「べつに変じゃないですよ。いつもこんなですから」

　先生を呼んでほしいと頼んだが、今日は休みだから、と断られた。

私は家に帰り、風呂を沸かして髪を洗った。ボストンバッグにパジャマと洗面道具を入れた。いつ何時、呼び出され、病院に泊まり込むことになってもいいように。

翌朝、病院から電話があった。様子がおかしいと。昨日、そう言ったじゃないの、という言葉を飲み込み、私は駆けつけた。間に合わなかった。夫はすでに息を引き取っていた。

深夜に骨を砕く

夫が亡くなったら葬式はどうするか。末期癌の宣告を受けてから、もちろんそのことを考えた。

彼は無宗教で、常々、お経も戒名も位牌も墓も、「あんなものは意味がない」と言い放ち、毛嫌いしていた。

ならば、どんな葬式がいいのか。どうせなら、本人がそうしてほしいと思うようにしてあげたい。けれども、癌であることすら告げていないのだから、当人にそれを訊くわけにはいかない。元気だった頃、散骨がいいな、と言ってはいたが、ちゃんと確かめたいと思った。

ある日、病院で世間話をしていた時、最近、亡くなった知人の話が出た。いまがチャンスだと思った。

「あれは、良いお葬式だったね。でも、私、自分の時は風葬か鳥葬がいいな、チベットみたいに……。まあでも、日本じゃ無理だから散骨かなあ」

冗談めかせた口調で話を振ってみた。

「うん、俺もそれがいいな。抹香臭いのはいやだ」

夫はすぐに頷いて言った。

「散骨？」

「海にな。横浜生まれの横浜育ちだし」

望み通り、私は夫の骨を海に流した。だから墓もない。

そして一〇日ほど後、知人のシャンソニエを借り切って、香典も会費もいただかないお別れ会を開いた。

「なるべく明るい服装でいらしてください」という案内状を出し、花をいっぱい飾り、私自身も明るい黄色のスーツで、お客様を迎えた。

……と、まあ、こう書くと、お通夜も葬式も香典返しもなくて楽だったわねえ、と思われるかもしれない。

じつは、散骨がけっこうたいへんだった。いまでこそ、葬儀社のメニューに入っていたりするが、夫が亡くなった一九九七年当時は違った。マニュアルがないのだ。

当初は、夫が子供の頃、よく遊びに行っていたという山下公園の海にしようと考えた。念のためにと市役所に問い合わせてみると、「駄目です。骨を撒くとゴミを海に捨てるのと同じ行為になりますから」という、思いがけない返事が戻ってきた。

火葬場で拾って骨壺に納める骨。あれをそのまま山下公園の海に撒くと、ゴミの不法投棄と同じことになるのだ。なるほど、と納得した。山下公園の海は、毎年、ボランティアのダイバー達が潜って清掃する。元はかなり汚れのひどかった海が、おかげでずいぶんきれいになった。

観光客の多い場所なので、いろんなゴミがあったようだ。拳銃が出てきたこともあったと聞いた。そういう場所から人骨が出てきたら、これは事件になりかねない。海にしろ山にしろ、散骨するには、骨を粉状にする必要があるのだ。

だから、やった。夫の骨を砕いた。

思えば、通夜も一人だった。自宅に運ばれてきた夫の棺の横で、たった一人、一夜を明かした。今度も一人でやるしかない。

骨壺から骨を出し、ポリ袋に入れた。それをさらに布の袋に入れる。しっかり口をしばり、上から金槌で叩く。

癌で寝たきりだったというのに、骨というのは案外硬い。さらには、砕くと尖った骨片になり、ポリ袋も布袋も突き破る。破れ目から粉が吹き出し、口や鼻に舞い込んだ。

深夜、誰もいない家で、ごほごほと咳き込みながら金槌を振るい続ける……。鬼気迫る光景ではあるが、怖いとも申し訳ないとも思わなかった。疲労が思考を遮断する。自分が何をしているのか、意識しなくなるのだ。

苦労して骨を粉にしたが、やはり、人の多い山下公園でこれを撒くのは、はばかられた。思案にくれていたところ、友人が、知り合いにヨットを出してもらうと言ってくれた。

好天に恵まれたその日、ヨットは金沢漁港から出帆した。セッティングしてくれた友人は、かなり沖まで出してくれる予定だったようだ。ところが、好天ではあったが風は強かった。もともと船に弱い私は酔ってしまった。吐き気が強くて動くこともできない。

「もう、どこでもいいです。撒かせてください」

ヨットが停止すると、私は這いずるようにして舳先へ行き、骨壺から粉状になった骨を掬って海に撒いた。

青い海面に、骨は純白の魚のように尾を引き、ゆっくりと消えていった。あの美しい光景は忘れられない。願わくば、私もあんなふうに、この世から消えていきたい。

いつ、この状況が終わるのか、先が見えない……介護でもっとも辛いのはこの点だと思う。夫の場合は余命半年という宣告だったが、転院先の病院で「治る」と言われたので、私としては、先の見えない介護だった。

こういう時、無責任な他人はいろんなことを言う。気持ちが弱っていたから、私はそれに翻弄（ほんろう）された。

「あなたは仕事なんかやめて、そばに付いてあげた方がいいんじゃない？」

「お医者さんに袖の下を渡した？　するとしないとでは、治療が違ってくるそうよ」

これから長い介護にあたる人、いま現在、それをしている人に、私はきっぱりと言いたい。仕事も趣味もやめてはいけない。日々が介護だけになると、自分を追い詰めることになる。介護に自分の七割を割くとしても、あとの三割は、心身ともにそこから離れよう。誰に何を言われようと、きっぱり無視してほしい。

振り返ってみれば私も、無意識のうちにそれを実行していた。病院から比較的近いところに、野毛（のげ）という町がある。ＪＲ桜木町（さくらぎちょう）駅を挟んで、みなとみらいと逆の側だ。終戦直後は闇市が立ち並んでいたそうだが、いまも庶民的な居酒屋街だ。

たまたま、その時期に、野毛の町おこしをしている人達と知り合った。気がつくと、私は彼らと一緒に野毛のイベントに参加し、その流れで中国文化を学ぶ会などにも入会していた。

そこには年齢も職業も異なる人々がいて、それまでの私の人生にはなかった刺激を与えてくれた。慰めてくれたとか手助けしてくれたとかいうのではない。知的好奇心を呼び覚まし、生きる喜びを思い出させてくれたのだ。

毎度、洗濯物の詰まった紙袋を下げての参加だったが、あの時期、あの人達と知り合えたおかげで、私は横浜という街を違った角度から眺めることもできた。そして夫の死後、横浜を舞台にした初めてのノンフィクション『天使はブルースを歌う』（当時は毎日新聞社、のちに復刊版が亜紀書房より刊行）を上梓することができた。辛い時期も、振り返ってみれば、実りに繋がるものが必ずある。

振り返ってみれば、高校を卒業して社会に出てから、遊びの時間などまったくなかった。独身時代は行き帰りの通勤でくたくた。お金もない。結婚したら家庭という縛りの中でしか動けず、乱歩賞受賞後はひたすら仕事。さらには夫の介護。そんな中で出会ったこの場所は、私にとってまさしく「遅れてきた青春」だった。

ずっと、自分を否定してばかりだった。
いくら頑張っても、認めてやらなかった。
私に対して、私はとても酷だった。
謝って、おそまきながら頭を撫でてやりたい。
あんたはよく頑張ったよ、と。

ドヤ街に泊まる

横浜に「コトブキ」と呼ばれるところがある。中区の寿町を中心に、松影町、翁町の一部を含む一角だ。中華街、元町、JR関内駅にも近く、場所的には横浜の一等地だ。名前もめでたい。
なのに、近くを通るのさえいやだという人が多い。なぜならここは、いわゆるドヤ街だから。

東京の山谷、大阪の釜ヶ崎（あいりん地区）ほど規模は大きくないが、一二〇軒余りの簡易宿泊所が密集している。そこに住む約六五〇〇人もの人々は、八〇パーセント以上が生活保護の受給者だ。

私がここに出入りするようになってから、もう一二年たつ。一二年ほど前からは、この地区の支援NPOにも関わりを持つようになった。といっても、私などたいしたことはできない。初めて来た頃、ここでホームレス支援を長くやっている方から、「気が向いた時に、ただ、来てくれるだけでいいんだよ」と言われた。

私は、そこにいるだけでありがたいような存在ではない。その人が言いたいのは、

「他所（よそ）の場所へ行く時と同じように、普通の感覚で、ここへも立ち寄ってほしい。ここの人達を助けなきゃなんて、そんな目的意識を持ってくることはない。あなたはここに何人も知り合いができたんだから、ちょっと寄り道していくかな、でいいんだよ」

つまり、ドヤ街であるという偏見を捨てて、この町と付き合ってほしい、ということである。

NPOはいつも資金難でたいへんなのだが、お金の工面もできなければ、体力もない私は、ほんとうに何をするでもなく、散歩し、ここで友達になった人達に会い、お喋りをして帰る。

ドヤと呼ばれる簡易宿泊所にも、二度、泊まってみた。一度目は、コトブキに出入りし始めた翌年の二〇〇三年二月。四階建ての、古くからあるホテルだ。

ドヤは基本的に長期滞在するところである。「泊まる」というより「住む」人の方が圧倒的に多い。だから、一見（いちげん）さん、ことに女性はいやがられる。いないわけではないが、圧倒的に男性が多いので、トラブルの元になるのをホテル側が恐

れるのだ。私のように、二泊三日などというのは問題外だ。

　ではどうしたかというと、当時はまだ、ただの知り合いだった支援ＮＰＯから、ホテルのオーナーに頼んでもらった。コネを使ったのだ。

　しかし、帳場のおばさんはそんな事情を知らない。ＮＰＯのスタッフに連れられ、小さなキャリーバッグひとつでやってきた私に、あらわな侮蔑（ぶべつ）の眼差しを投げた。

「あのう、宿泊費は前払いでしょうか」

と、尋ねた私を睨み付け、叱りつけるように言った。

「あたりまえでしょ！　金も払わないで泊まろうってか？」

　いきなり、ドヤに入るための洗礼を受けた気分。

　部屋は四階だったが、館内にはエレベーターなどない。異様な臭いのたちこめる階段を上がり、三畳あるかないかの部屋に入った。畳は擦り切れ、壁はあちこち剝がれている。

　前方に窓がひとつ、壁に小さな棚、テレビ、エアコン、布団が一組。宿賃は一泊一八〇〇円。トイレ、洗面所は共同。町に出ればコイン・シャワーがある。

　廊下と同じ悪臭が、この狭い部屋にも充満していた。正体は不明。おそらく、体臭、消毒剤、煙草（たばこ）などが入り混じった臭いなのだろう。息苦しくなって窓を開けたが、すぐに閉めた。隣のホテルの窓が、手を伸ばせば届きそうなほど近くに迫っている。

二月だったから寒い。でもエアコンを入れたら、さらに臭いが濃くなりそうだ。そういえば、毎年、夏にはこの町で凍死者が出ると聞いた。窓を閉めて冷房を最強にし、そのまま眠ってしまう人が多いからだという。

布団をひろげてみた。掛け布団にも敷き布団にも、ついでに枕まで、茶色っぽい大小のシミが点在している。なんだか湿り気もある。干したりクリーニングしたりということはないのだろうか。布団カバーも敷布も枕カバーもないし、このままでは到底眠れない。

いったんホテルを出てＮＰＯの事務所へ行き、敷布と枕カバーの調達をお願いした。掛け布団のカバーはなかったが、寒がりの私は、薄い毛布と電気アンカを用意してきている。毛布を掛け布団カバー代わりに使うことにした。敷布や枕カバーも、ないとわかっていたら持参しただろう。

近くのファミレスで食事を済ませ、ホテルに戻った。驚いたことに、今度はとびきり愛想の良い笑顔で受付のおばさんに迎えられた。

「おたく、作家なんですってねえ、テレビにも出てらっしゃるんですってねえ」

当時、ワイドショーのコメンテーターを務めていた。私が留守をしている間に、シーツなどを持ってきたNPOの人が、そんなことを喋ってしまったらしい。

世の中、こんなものだ。肩書きひとつで人の態度が豹変する。逆に言えば、肩書きなんてはかないものである。一度は立派な肩書きがついていた人も、この町の住人になれば、平等に「ドヤ街の住人」としか見てもらえない。

この町がなぜできたのか

一斗缶で焚き火をしている光景もあったので、夜は騒がしいのかと思ったが、そんなことはなかった。早々と寝静まる。でも、朝はまだあたりが暗いうちから、通りを人の行き交う気配がする。

寝不足の夜を過ごした私は、あらためて、この町の成り立ちを思い起こしていた。ここは江戸時代初期に、入り海を埋め立ててできた吉田新田の一部だ。吉田新田には横浜の中区と南区が入っている。

その埋め立てで、どうしても埋まらない一角があり、長らく沼地のままだった。幕末に横浜が開港し、人口が増えたことで、明治初期に残っている部分の埋め立てが再開された。そしてでき上がったのが、寿町をはじめとして、めでたい名前ばかり付けられた「埋地七ヶ町」である。

明治、大正、昭和の戦前を通じて、吉田新田は運河が何本も走る水運地帯になった。寿町も材木屋、呉服屋、居酒屋などで賑わう河岸の町だった。ところが太平洋戦争における横浜大空襲で、ここも焦土と化し、米軍に接収された。日本の戦争は昭和二十年で終わったが、アメリカの場合は朝鮮戦争、ベトナム戦争と続く。日本の各所に、そのための米軍基地ができた。中でも横浜港は米軍の主要施設になった。

コンテナなどない時代だから、船から陸へ、陸から船へという荷の積み卸しは、すべて人力だ。日本という国が、敗戦でまともに機能していないこの時期、ここに来れば仕事があるというので、肉体労働のできる男達が殺到した。さらに、東京や横浜には焼け跡からの復興という大命題もある。建設現場が至る所にあり、労働力が求められていた。

戦後の復興に次いで日本の高度経済成長が始まったから、仕事はまだまだあった。地方の農家は長男以外、地元でも仕事を見つけるのが難しい。彼らも横浜に来て、こうした仕事にありつくことで食べていくことができた。

こうして集まってきた労働者達は、泊まるところがないので、当初は野宿を余儀なくされた。やがて、港に近く、まだ焼け野原のままになっていた土地が接収解除になると、そこに簡易宿泊所が建ち始めた。その場所というのが、寿町を中心とする一帯である。

それ以前、ここに住んでいた人達は、もう戻らなかった。戻ったところで、環境ががらりと変わっているのだから元の暮らしを営むことはできない。安い値段で土地を売り、他所へ移っていった。

そのうち桜木町にあった職業安定所がここへ移ってくると、簡易宿泊所の数はいやがうえにも増えていき、いつしかドヤ街と呼ばれる一角が形成されていったのである。

ドヤ街には家族連れもいたが、単身で地方から出てきた男達が圧倒的に多かった。港湾や建設現場の仕事は、過酷で危険だ。疲れ切った心身を癒やすため、酒、博打（ばくち）、女、覚醒剤などに走る者も多かった。

その頃のコトブキは、その日暮らしの男達の汗と熱気で、警察関係者でさえ入るのをためらうほど荒くれていたという。

やがてバブルが弾け、不景気な時代が始まった。肉体労働の需要も激減した。寿労働センターと名前が変わった職業安定所からも、賑わいは消えた。

せっかく稼いだ金を酒や博打で使い果たした人、離れて暮らすうちに家族との絆が切れてしまった人、身体を壊して働けなくなった人……そうした人達がコトブキで老いていった。

お金がなく、保証人も無い高齢者はアパートを借りることができない。でも簡易宿泊所に住民票を移せば、役所に生活保護の申請をすることができる。こうして、この地区は、身よりのいない高齢者の町と化した。

昭和三十九年の東京オリンピックを前に造られた競技場、高層ホテル、道路、さらに、バブルの頃、横浜に出現したベイブリッジ、みなとみらい、港北(こうほく)ニュータウン……その現場には、ドヤ街で朽ち果てつつある老人達の、汗が埋まっている。

けれども、彼らの名前はひとつとして残らない。残るのは建設会社や設計者の名前だけ。華やかにライトアップされた街を、彼らはどんな思いで眺めているのだろう。

ガムと五〇円玉

コトブキにはホームレスも多く出入りしている。中区では以前、彼らのためにパン券と呼ばれる食券を発行していた。生活保護ではない、法外援護と呼ばれるものだ。

この券があれば、コトブキ地区の指定されたスーパーなどで食料を七一四円分買うことができる。また、NPOが経営する食堂で、三食分の食事ができる。お酒、煙草は買えない。受給者が増えすぎたため、二〇一二年の三月でパン券は廃止され、いまは他の方法でホームレス援助が行われているのだが、それはさておき。

パン券があった頃、その発給所へ行ってみたことがある。もちろん私は貰えない。見学に行っただけ。順番待ちのホームレスがひしめく中、ベンチに座っていると、一人の老人がよろよろとこちらにやってきた。老人といっても、私とそんなに変わらない年齢だろう。

顔に幾つか擦り傷がある。よろよろしているのは、酔っているからではなく、身体のどこかが悪いか、空腹や寝不足でくたびれているか、そのどちらかだろうと思われた。

私の隣が空いていたので、彼はどかっとそこへ座り込んだ。一息ついたところで私に気づき、「おおっ」と声を上げて身を引いた。ここにいるのは男性ばかりだ。女性がいたので驚いたらしい。

「どうしたんだよ、あんた」

彼は心配そうに眉をひそめ、小さな声で私に訊いた。さて、どう答えたらよいものかと、私は躊躇(ちゅうちょ)する。すると彼は、急いでかぶりを振った。

「いいんだよ、言わなくていいんだよ。人生、いろいろあるよな。だけど元気だしなよ、な？」

そう言いながら、彼はポケットから板ガムを取り出した。パッケージから一枚引き出し、私の手に押しつけた。そして席を立ち、他のホームレス達の群れの中に消えていった。

私は銀紙を剝き、ガムを口に入れて嚙んだ。涙が滲(にじ)んできたので、あわててうつむいた。

思い出したことがある。

祖父が二度目の再婚をした後だから、九歳の時だ。ある日、新たな同居人になったお婆さんに、買い物を言いつけられた。渡された五〇円玉を持って家を出たまではいいのだが、それを途中で落としてしまった。

家に帰って「なくした」と言っても、あの、一日中、お題目を唱えている癇性(かんしょう)な人は信じないだろう。落とした振りをして勝手に使ったんだろうと、百舌鳥(もず)のような声で私を責め立てるに違いない。

必死で五〇円玉を捜しながら歩いた。けれども見つからない。家に帰れないいま、うろうろしていると、一人の中年女性から「どうしたん?」と声を掛けられた。口をきくのは初めてだが、顔はよく知っている。鯛(たい)焼きの屋台を引いているおばさんだ。子供が二人いて、時々、その子供達が泣きながら屋台を押していた。

買ってほしい物があって母親にねだるのだが、お金がないから買えないと言われて泣いているのだ。そういう時、たいてい、母親の方も泣いていた。

私は問われるまま、五〇円玉をなくしたのだと答えた。すると、おばさんは突然泣き出した。古びた財布をエプロンのポケットから取りだし、五〇円玉を私の手に押し付けた。

「あんたを見てると、可哀想でねえ」

私は、「おおきに」と礼を言い、その五〇円玉で無事に買い物をして帰った。

鯛焼き屋台のおばさんとはそれっきりだったが、私はそのことを忘れてはいない。あの頃、菓子パンが一個一〇円だったと思う。五〇円の価値はいまよりはるかに大きかった。おばさんが売っていた鯛焼きは、一個五円だったと思う。

でも彼女は、迷うことなく私に五〇円をくれた。

パン券発給所でガムを貰った時、私は彼女のことを思い出さずにはいられなかった。ホームレスのおじいさんにとって、そのガムは、ようやく手に入れたものだったかもしれない。ポケットの中で長く温められていたらしく、反り返っていた。

彼は貴重な一枚を、男性ホームレスの中にぽつんと座っていた中年女の私に分けてくれた。口中に広がる甘さがありがたくて、私は彼の消えた方へ向かって、小さく手を合わせた。

ここで死ぬのもそう悪くはない

二度目にコトブキで宿泊したのは二〇一二年。やはり簡易宿泊所だが、前の時とは違って最新鋭の建物だ。とはいえ、やはり、「泊まる」というより「住む」ホテルだから、今度もNPOのコネを使った。

ホテルの入り口は植木鉢の花で彩られ、脇のスペースにはテラステーブルと椅子が置かれている。ここの住人らしいお年寄りが数人、ペットボトルのお茶を飲みながら歓談していた。

受付のあるロビーは、狭いけれど雰囲気が明るい。飲み物の自販機が置いてある。なんとエレベーターがあるではないか！　これなら車椅子の人も住むことができる。洗面所もトイレも、きれいでバリアフリーだ。

九階建ての高層ホテル。せっかくだから九階に部屋を取った。廊下はロビー同様、きれいに掃除されている。あのいやな臭いもまったくない。部屋はやはり狭いのだが、それでも三畳強くらいある。板張りで、壁にシミもない。テレビ、冷蔵庫、エアコンは、どれも新しいものだ。スチールの棚がひとつ。壁には非常用の押しボタンがついている。

布団にはちゃんとシーツ、枕カバーがセットになっていた。掛け布団カバーはないが、布団はふっくらしていて清潔だった。ベランダにも出られるし、窓を開けておくこともできる。何しろ九階だから眺めもいい。一泊二三〇〇円。

じつはこの数年で、コトブキの簡易宿泊所は変わりつつある。住人の高齢化が進む中、こうした高齢者介護型ホテルに建て替えるところが増えているのだ。

私が関係しているNPOも、数年前から「寿みまもりボランティアプログラム」（略してKMVP）という試みを実施している。車椅子、あるいは寝たきり状態になったが、看取ってくれる家族がいないという高齢者を、医師、看護師、介護ヘルパー、ボランティアがチームを組み、最後まで見守っていくというものだ。

家族にはなれないけれど、家族の代わりに、日々、チームの誰かしらが訪れる。安否確認をし、話し相手になる。車椅子の人を外へ連れ出し、一緒に散歩をしたり、お茶を飲んだりすることもある。KMVPはこれまで何人かの方達を看取ったが、どなたも、住み慣れた自分の部屋で、安心して亡くなっていった。

おそらくは看取ってくれる人がいないであろう私も、どこかの病院で管をいっぱい付けられ、ただ生かしておくためだけに生かされたりするより、こうした温かい視線に見守られて最期を迎えたい。単身の高齢者は今後、増えるばかりなのだから、このシステムを、できればコトブキの外へ拡げてほしいと願っている。

このホテルのベランダから、寿労働センターがよく見える。センター前のコンクリート広場には、いつもホームレスがたむろしている。布団や段ボールを敷いて、そこで寝る人もいる。

次に、目をホテルの近くにあるビルにさまよわせると、窓越しに、二段ベッドが幾つも並んだ部屋が見える。そこは、ホームレスに一時的な宿泊を提供する「はまかぜ」という自立支援施設だ。

ここへ来れば、原則3ヶ月（事情によっては最大6ヶ月まで延長可）、清潔な布団で寝られるし、食事も衣類も提供される。お風呂にも入れる。今後の相談にものってもらえる。けれども、あえてその支援を拒み、野外に居続けるホームレスも多い。

ホームレスは一見、のんきに見えるかもしれないが、さまざまな危険にさらされている。横浜では一九八二年に、中学生を含む少年グループによるホームレス殺傷事件が起きた。あの時ほど大きなニュースにならないだけで、いまでも殴られたり蹴られたりということは日常的にあるだろう。

病気や怪我という事態になっても、お金も保険証もない。救急車で運ばれない限り病院へも行けない。

「歯が痛くなった時はほんとに辛かったね。この一回だけでいいから治療してくれないかと切実に願ったけど、駄目なんだよねえ」

あるホームレスからしみじみとした述懐を聞いたことがある。なぜ彼らは、支援を拒み、過酷な屋外生活を続けるのか。

支援施設は団体生活だ。二段ベッドが並んだ部屋で寝起きする。食事も風呂も他の人と一緒。起床、食事、就寝と、時間もきっちりと決められている。スタッフから自立に向けての指導も受けなければならない。

しかし、こうした団体生活に耐えられない人が、ホームレスには多い。じつは発達障害を持つ人も少なくないのである。

精神障害や発達障害は、すぐにそれとわからないだけに、周囲にもなかなか理解してもらえない。何人ものそういう人と、コトブキで会った。

ひらがなも読めない中年男性と会った時は、胸を衝かれた。五十歳を過ぎた、一見、普通のおじさんにしか見えない人だったが、字が読めないと同時に、数字もわからない。時計の針を見ても、何時何分ということが認識できないのだ。

詳しいことはわからなかったが、両親も兄弟もいなくて、小さい頃から、祖母に育てられたという。発達障害ではあるが、身体はちゃんと動くから、肉体労働の仕事があるうちは働くこともできた。

が、祖母が亡くなり、自分も身体を壊してからは、ここへ流れてくるしかなかった。もしかするとホームレスになっていたところを、支援ボランティアに拾われ、生活保護が貰えるように手助けしてもらったのかもしれない。

生活保護というのは自分で申請して手続きをしなければならないので、そういうシステムがあることすら知らなければどうにもならないのだ。

場の空気が読めない、どうしても人と同じようにできない、仕事が覚えられない、対人関係を築くことができない……こういう人は、一見、身勝手、わがままに見えるだろうが、障害のせいだとしたら、責めても酷なだけだ。障害のある人を受け入れず、差別と偏見の目でしか見ない社会の方に問題があるといえるだろう。

コトブキは高齢者の町になったと書いたが、このところ、心身に障害を持つ若い人が、たくさん流入している。アルコールやギャンブルの依存症に陥った人も多くいる。依存症になるにも、また、発達障害がからんでいたり、普通ではない家庭事情があったり、完全に病的なものだったりと、事情はさまざまだ。

社会に受け入れてもらえない、あるいは、社会とうまく折り合いをつけられない、なんとかしようと努力しようにも、心身の障害が壁になって努力のしようがない……そういう人が、この世にはたくさんいる。そして、ここへ流れてくる。

私は時々、流れてくる場所があって良かったとさえ思うのだ。

支援NPOに関係しているとはいえ、私は相変わらず、何ができるでもないいま、ここへ来ている。

どうして足が向くのかと、時々考える。

おそらく、何も演じなくていいからだろう。

コトブキには弱者の他に、福祉を食い物にする人、警察から身を隠している人、前科者など、悪い人もたくさんいる。でもそれは、この町でなくても同じではないだろうか。殺人も泥棒も詐欺も、事件は「普通の町」で頻繁(ひんぱん)に起きている。

「普通の町」では、みんな、「普通の人」を演じている。私はこの社会で、普通に、いや、立派に生活を送っている人間ですよ、という顔で歩いている。

でも、コトブキは違う。やさしい人であろうと、過去に立派な業績のある人であろうと、ここの住人というだけで、「駄目な人」のレッテルを貼られる。だから演じない。無表情なのはそのせいだ。

私も、いい歳をしてトラウマだらけの情けない人間だ。生きていること自体、いつも怖くて、何やかや、言い訳ばかりしている。そのくせ人からそっぽを向かれるのが怖くて、笑顔や、きりっとした表情を保つよう、一生懸命、意識している。

でも、ここではそれをしなくてもいい。素のままで、自分がどんな顔をしているのかなんて、考えずに歩いている。

私もこの町に救われている一人なのかもしれない。

エピローグ

夫が亡くなってから一七年たつ。その間、日々は不思議なほど穏やかに過ぎていった。いや、はたから見ればそうでもなかったかもしれない。横浜郊外の戸建てから中心地に近いマンションに越したし、舞台の脚本・演出という思いがけない分野の仕事をさせていただいた。犬が亡くなって猫を飼うようになったし、恋もあった。母が認知症になったし、ドヤ街に関わるようになったし、俳句も始めたし……と、毎年、けっこうな変化はあったのだ。

それに応じて人間関係も変わっていく。こじれてしまい、もうこの街を出て行こうと思い詰めるほど落ち込んだこともあった。けれども、それ以前があまりにも波乱だったから、私としては、怖いほど「変化なし」に思えた。

平穏を願っていたはずなのに、また悪い癖が出そうになる。こんなはずはない、と焦り、すべてを壊してゼロにするという衝動にかられるのだ。

でもいまは、そのたびに、「焦らなくても、それは目の前にあるんだよ」と、自分に言い聞かせる。

先日、こんな俳句を詠んだ。

老後てふ獣道(けものみち)あり山法師

「てふ」というのは古語で「という」の意。山法師はミズキ科の樹で白い花をつける。夏の季語だ。

「老後」という時間がどうなるのか、前期高齢者とやらに足を踏み入れたいまも、私にとっては五里霧中である。

家族はいないし、収入は減る一方だし、たいした貯(たくわ)えはないし……という個人的な事情もあるが、もっとおおやけの目で見ても、団塊世代の老後は獣道だ。

日本という国が根底から変わった時代に生まれた。親の世代とは、社会体制も価値観もがらりと異なる。善かれ悪(あ)しかれ、新しい道を自分達で切り開いてきた世代だ。

しかし、である。

これは個人的な見解だが、団塊世代のパワーは、日本が貧しく、発展途上にあったからこそ、さらに言えば上の世代と闘わなければならなかったからこそ、発揮できたパワーだったのではないだろうか。

もはやそういう時代ではないし、なにより、老いたいまは、藪を掻き分け、崖から落ちそうになりながら、道を切り開いていった若い頃のパワーが、もはやない。団塊世代はまだまだ元気、と言われるが、やはりあの頃のハングリー・パワーとは質も量も違うのだ。

「同世代が大勢いるんだから」と、数で安心を得ようとしたこともあった。でもその仲間達は、自分が長生きすればするほど減っていく。寂しさ、心細さはそのたびに増していくだろう。

老いることは孤独になることだ。死ぬまで活躍し、社会から求められる人ももちろんいるが、それは知力、体力、努力、環境と、何拍子も揃ったごく一部の人だけ。たいていの人は、社会的な居場所をなくし、異性からは求められなくなり、気力も体力も細り、老いの孤独と直面することになる。

どうして、あんたはそう後ろ向きなんだろうねえ、老後を明るく楽しく生きようと、みんな頑張ってるのに……と、またまた呆れられるだろう。

正直に言うと、私は「頑張る」という言葉が嫌いなのだ。高齢者になってまで頑張りたくないのだ。

なまじこういう職業なので、会った人は決まり文句のように「頑張ってくださいね！」「ご活躍、期待してます！」とおっしゃる。

日本式のお愛想なのだろうが、日々、ひがみっぽい老女になりつつある私は、嫌みを言われてるようで、いやぁな気分になる。

そりゃ、私はこんな程度の人間です。もっと頑張って、もっと活躍しないと、あなたには認めてもらえないのかもしれません。

だけどね、私は私なりに頑張ってきたんですよ。もうこれ以上どうにもならないんだから、できれば、いまの、この私を受け入れてほしいのです。頑張らなくていいよ、いまのあなたが好きだから、と言ってほしいのです……と叫びたくなるのだ。

でも、そんなふうに拗ねたり僻んだりするのは、他でもない私が、私自身を受け入れていない証拠だろう。

自分は愛されていないと知った子供の頃から、私は私を否定し続けてきた。もっと愛される、もっと素敵な私でないことがいやでたまらず、自分を好きになることができなかった。大人になってからも、摑めなかった人生にばかり固執し、摑んだ人生を評価してこなかった。

でも、私が私を愛さなくてどうする。いまこそ、ありのままの自分を受け入れ、なかなかいいよと褒めてやりたい。そして老後という獣道を、仲良く歩いていこうと思っている。

それが、この本を書くことで自分と向かい合って出した、ささやかで正直な結論である。

山崎洋子

二〇一四年五月

解説――不幸を嘆(なげ)くわがままな自分を超えて

渡辺(わたなべ)えり（女優・劇作家）

人の幸せというのはなんだろう。自分の人生を振り返って考えてみる。「人間の幸せ」と書こうとして、日本の場合には女の幸せと男の幸せに分けられているような感覚がある。

収入の安定した子煩悩(こぼんのう)な夫を持ち健康で利発な子供たちを育て、良き母となり趣味を持ち、老後は孫に囲まれて家族でおいしい食事をしながら笑顔の日々を送る。そして、夫は妻をこよなく愛し、映画や演劇にもよく誘い、家事の手伝いも子育ても時間のある限り手伝ってくれる。子供たちは時々肩を揉(も)んでくれたり苦労をねぎらってくれて、海外旅行へのチケットをプレゼントしてくれたりもする。

こんなことを書き続けていると空(むな)しくなってくるが、私の人生は女性としては本当に不幸なのかもしれない。子供も持てず、一昨年離婚も経験して、今は全くのひとり。故郷に弟夫婦が暮らし、両親は認知症で介護施設に入っている。そばで面倒もみられないのだから親不孝でもあるし、自分自身も幸福とは言えない。夜中に切なくて泣いたりもする。しかし、演劇をやりたくて東京に来て、がむしゃらに頑張り、作・演出・出演の仕事優先で生きてきて気が付くとこういった状況になった。男性と同じように頑張るためには男の三倍努力しなければならなかった時代の中でよく続けられたとは思うが、乙女チックな夢は儚くも消え、足の踏み場もない部屋で締め切りに追われている。

今年の一月に六十五歳になったが、溜まった仕事が山積みなうえに、引っ越しの片付けも終わらず、銀行の通帳の名義変更に行く時間もない。キャッシュカードも昔の名前のまま、面倒な手続きも山積みである。結婚も離婚も女性が損なように日本の社会の仕組みは出来ている。人のために良かれと思って引き受けてしまった様々な仕事を終わらせようと必死になっても時間が足りず、寝不足のまま、芝居の稽古場に通わざるを得ず、掃除や洗濯、片付けをしながら情けなくて涙がこぼれてくる。「私の人生なんなんだろう」と。

しかし、角度を変えると、夫も子供もいなくても、好きな仕事で食っているではないか？　作品も残せたし、新人たちも育てたではないか、やりたくてもやれない人が沢山いるのに、「幸せ」ではないか？　とも言われる人生なのである。自分ではなぜこんなに頑張っているのに評価されないのだろう？　と地団駄踏んで悔しがっても、他の方からは色々な仕事で成功している豊かな人物と見えたりもするのである。毎日くよくよと様々なことに悩んでいても、こうして生き続けていられることがそもそも人間の幸せなのかもしれないのだ。

しかし、山崎さんにとっては生きていること自体が拷問で、死ねば楽になると感じなければならないほどの地獄を生きてきた。私のように何が幸せなのか？　と感じる感覚が贅沢に思えるほどである。

山崎洋子さんと初めてお会いしたのはもう三十年以上も前で、残間里江子さんが相談役をしていたサントリーフォーラムという文化人の集まりで紹介していただいた。音楽などの芸術がお好きなサントリーの社長さんが、毎月様々な世界で活躍している方たちとお茶を飲みながら文化の話をするといった会だったように思う。亡くなった、作詞家の安井かずみさんや漫画家で江戸風俗研究の杉浦日向子さん、今は法政大学総長の田中優子さんなど、精神的にも経済的にも自立した個性的で愉快な話をなさる方々とお会いできる楽しい会であった。

山崎さんは瞳のつぶらな美少女風な印象で、大きな目でじっとみんなを見つめている。瞬きをほとんどしない鋭い目の持ち主なのに、よく笑いおっとりとした感じ。私の稽古場でみんなでエチュードなどを演じて貰ったことがある。これは、役者修業のレッスンの一つで、参加者が客席側に座り、選ばれた三人が舞台側に出て座り、ある秘密を持った本物は誰かを当てるゲームで、偽物の一人としてまるで本物のような人生を語れる演技の非常にうまい方であった。

今回の著書を拝読し、あの演技力も、人の話を聞く時の相槌のうまさも、この稀有な人生の底から生まれた、生まれざるを得なかった特技だったのかもしれないと、思った。

しかし、両親や周りの大人たちに可愛がられ愛されて育った私と、真逆の子供時代を送られた山崎さんと、世の中に対して考えていることにこれほどの共通点があり、話が合うというのはどうしてなのだろう。

山崎さんの子供時代の光景がすぐそばに浮き上がり、まるで自分のことのように想像できるのはどうしてだろう？　そして山崎さんがこれほどひどい目に遭わされた大人たちを、人として理解し許し、愛情ある態度で接することができるのはどうしてだろう。

それぞれの人物にはそれぞれの事情があり、その人個人の感情や感覚ではどうしようもないことがある。そのことを山崎さんは文学によって掴み続けてきたのだろうと推測する。まるで現生活から逃避するように、幼児期から読み続けた小説や伝記などの読み物の力によって、稀有な想像力と思いやりと正義感を積み上げていったと言える。そうでなくては潰れてしまいそうな人生である。

物語によって支えられた人生の部分が、山崎さんと私を繋げている。体験せずとも感じられる多くの人生や時代の矛盾を、本によって会得してきた人生の中の時間の繋がりである。

山崎さんとの出会いは私に「りぼん」という代表作の戯曲を書かせた。青いリボンはまさに女性の幸せを象徴するもので、幸せのために結婚する女性の下着に青いリボンを結んでおくという西洋のしきたりから名付けた題名であった。時代に翻弄された三代に亘る女性の生きざまを描いた物語で、山崎さんの『天使はブルースを歌う』を読み、舞台を横浜に変え、戦後ＧＩベイビーとして堕胎されたり死んでいった多くの生まれなかった混血児たちが現代に蘇り、横浜に修学旅行に来たところから始まる作品だった。根岸の外国人墓地に立つおびただしい数の白い十字架。制服を着た生徒たちが現代を体験していく。ハマのメリーさんも登場し、関東大震災から第二次世界大戦を経た今日までを音楽で繋げた音楽劇であった。横浜の赤レンガ倉庫での再演の時も、山崎さんは観に来てくださり喜んでくださった。山崎さんのあの本に出合わなければ作ることのできなかった作品である。私は、先達の女性たちが社会に押し潰され、もだえ苦しみ血を流し、そして消されたその死体の上に立って私たちは生きているのだと伝えたかった。私たちの生はその死体の上にあるのだと。そしてそれはまさに山崎さんのドキュメンタリーのテーマの一つでもあったはずである。その続編の『女たちのアンダーグラウンド』を拝読し、さらにその想いは深くなった。

そして、そこでまた山崎さんの考える人間の幸せとは何だろうと再び思った。

「いつでも自殺できる。苦しくて我慢できなければ死ねばいいのだ。それが唯一の救いだ。しかしこの方法は一度しかつかえない。だから、大事に取っておく。いつでも死ねると思えば生きていける」

『誰にでも、言えなかったことがある』に書かれたこの痛切な一文に、そこまで考えなければ生きていけなかった人生のすさまじさに胸が詰まった。こんなにも苦しい人生があるのだと思い知らされる。そしてその一方で「田んぼの脇の川で蛍をたくさん捕ってきて、蚊帳の中に放したこともある。幻想的なのは一瞬。蛍はすぐに死んでしまい、朝になるといやな臭いを放つ」と書く。生き物とはすぐに死に、嫌な臭いを放つもの。美しさとは儚く死と隣り合わせにあり、死臭を伴うもの、という生々しい事実を幼い頃から体の細胞に潜ませて生きてきた著者なのであった。

『女たちのアンダーグラウンド』の中で山崎さんは根岸の墓地に眠る混血児たちと、国の政策によって無理やり娼婦にさせられた女たちを探り歴史の記憶に残そうとしたのは、「消された女、子供に、自分自身を観る気がしたからだ」と書いている。

人の幸せが、同じ人間の犠牲の上に築かれたものであってはいけない。どんな事情があろうと、弱者を痛めつけ、強者にすべての富が向かうような社会であってはならない。山崎さんの著書を読むと、あらゆる不幸の原因がその一点にある気がしてくる。

「誰しも心に鬼を持っている。切羽詰まった時にその自分自身の鬼と向かい合うことになる」生きるために人は簡単に鬼になってしまうのだ。山崎さんは常にもう一人の自分と対話して、被害者にも加害者にもなりえることを冷静に見つめることができる人なのだ。

最近第二次世界大戦の陸軍の資料が見つかり、大陸に進軍した兵士七十人に一人の慰安婦の割り当てが決められ、命令されていたことがわかった。愛国心を掻き立てられて集められた女性たちは、戦後生きて帰ったとしても差別や偏見と闘うことになる。それを女神や天使とたたえた元兵士たちが救ってくれることはない。自分の妻や娘たちにはさせたくない職業なのだ。そして国はそれさえ自己責任だと突き放す。痛ましい人生そのものを男性社会は消そうとしているのだ。私たちは消されようとする事実と向き合い、成長していかなくてはならないと感じる。命は平等でそれぞれが大切な宝であり、人として愛する権利も愛される権利も持っている。今の格差社会に目をつぶることなく、今も弱者の犠牲の上に成り立っている現実の中にいることを忘れてはならないと思う。

自分の不幸を嘆くわがままな自分を超えて何とか役立つ人間でありたい。

本作品は、清流出版より二〇一四年六月に『誰にでも、言えなかったことがある　脛に傷持つ生い立ち記』と題し、単行本として刊行されたものです。

なお、本作品に登場する人物名の一部は仮名としております。

誰にでも、言えなかったことがある

一〇〇字書評

切り取り線

購買動機（新聞、雑誌名を記入するか、あるいは○をつけてください）

□（　　　　　　　　　　　　　　　）の広告を見て	
□（　　　　　　　　　　　　　　　）の書評を見て	
□ 知人のすすめで	□ タイトルに惹かれて
□ カバーが良かったから	□ 内容が面白そうだから
□ 好きな作家だから	□ 好きな分野の本だから

・最近、最も感銘を受けた作品名をお書き下さい

・あなたのお好きな作家名をお書き下さい

・その他、ご要望がありましたらお書き下さい

住所	〒				
氏名		職業		年齢	
Eメール	※携帯には配信できません	新刊情報等のメール配信を 希望する・しない			

この本の感想を、編集部までお寄せいただけたらありがたく存じます。今後の企画の参考にさせていただきます。Eメールでも結構です。

いただいた「一〇〇字書評」は、新聞・雑誌等に紹介させていただくことがあります。その場合はお礼として特製図書カードを差し上げます。

前ページの原稿用紙に書評をお書きの上、切り取り、左記までお送り下さい。宛先の住所は不要です。

なお、ご記入いただいたお名前、ご住所等は、書評紹介の事前了解、謝礼のお届けのためだけに利用し、そのほかの目的のために利用することはありません。

〒一〇一－八七〇一
祥伝社文庫編集長　坂口芳和
電話　〇三（三二六五）二〇八〇

祥伝社ホームページの「ブックレビュー」からも、書き込めます。
www.shodensha.co.jp/bookreview

祥伝社文庫

誰にでも、言えなかったことがある

令和 2 年 3 月20日　初版第 1 刷発行

著　者　山崎洋子

発行者　辻　浩明

発行所　祥伝社

東京都千代田区神田神保町 3-3

〒101-8701

電話　03（3265）2081（販売部）

電話　03（3265）2080（編集部）

電話　03（3265）3622（業務部）

www.shodensha.co.jp

印刷所　堀内印刷

製本所　ナショナル製本

カバーフォーマットデザイン　芥 陽子

 ISBN978-4-396-34611-9 C0193